A VIAGEM PREGUIÇOSA DE DOIS APRENDIZES VADIOS

CHARLES DICKENS
E
WILKIE COLLINS

Tradução
Alessandra Esteche

Curitiba
2010

A viagem preguiçosa de dois aprendizes vadios

Charles Dickens
e
Wilkie Collins

Tradução
Alessandra Esteche

Capa
Frede Marés Tizzot

© Arte & Letra Editora

D548v   Dickens, Charles
           A viagem preguiçosa de dois aprendizes vadios / Charles Dickens e
      Wilkie Collins ; tradução Alessandra Esteche. – Curitiba : Arte & Letra, 2010.
      208 p. ; 11,5 x 15 cm. – (Em conserva)

      Embalado numa lata de 13,5 x 15,5 cm
      ISBN: 978-85-60499-26-7

      1. Literatura inglesa. 2. Romance. I. Título. II. Collins, Wilkie. III. Esteche,
Alessandra. IV. Série.

                                                                CDU 821.111

Todos os direitos reservados a Arte & Letra Editora. Proibida a reprodução, no todo ou em partes, através de quaisquer meios.

Arte & Letra Editora
Av. Sete de Setembro, 4214, sala 1201
Curitiba - Paraná - Brasil - CEP: 80250-210
www.arteeletra.com.br - tel: 41-3223-5302

Sumário

Capítulo I 7

Capítulo II 41

Capítulo III 99

Capítulo IV 131

Capítulo V 173

Capítulo I

No mês outonal de setembro de mil oitocentos e cinquenta e sete, em que se apresenta a data alegada, dois aprendizes vadios, exaustos pelo verão longo e quente, e pelo trabalho longo e quente que ele trouxe consigo, fugiram de seu empregador. Eles tinham um compromisso com uma dama digníssima (chamada Literatura), de honra e prestígio notórios, mas que, há de ser dito, não é tão estimada na Cidade quanto poderia ser. Isso é ainda mais extraordinário, já que não há nada contra a respeitável dama por aqueles cantos, muito pelo contrário; sua família havia prestado serviços célebres a muitos cidadãos famosos de Londres. Pode ser suficiente citar Sir William Walworth, Lord Mayor no reinado de Ricardo II, à época da insurreição de Wat Tyler, e Sir Richard Whittington: dos quais este último, homem distinto e magistrado, estava indubitavelmente em dívida com a família de tal dama devido ao dom de seu celebrado gato[1]. Também há fortes razões para supor que eles tocaram os sinos de Highgate para ele com suas próprias mãos.

Os jovens enganados que então esquivavam-se de suas obrigações para com a senhora de quem haviam recebido muitos favores foram levados pela ideia sem-vergonha de fazer uma viagem completamente vadia, em qualquer direção. Eles não tinham nenhuma intenção de ir a algum lugar específico; não queriam ver nada, não queriam saber de nada, não queriam aprender nada, não queriam fazer nada. Queriam apenas ser vadios. Tomaram para si (em homenagem a HOGARTH) os nomes de Sr. Thomas Idle e Sr. Francis Goodchild; mas não havia diferença moral entre os dois e eram ambos vadios do mais alto grau.

Entre Francis e Thomas, no entanto, havia uma diferença de caráter: Goodchild era laboriosamente vadio e impunha a si mesmo toda a sorte de dores e trabalhos para assegurar-se de que era vadio; em

---

[1] Personagem de uma história tradicional inglesa, Dick Whittington foi baseado em Richard Whittington (1354–1423) que foi prefeito de Londres por quatro vezes. No século XIX ficou famoso como personagem de uma peça pantomímica chamada *Dick Whittington e seu Gato*. (N. E.)

suma, julgava a vadiagem como nada além de uma atividade inútil. Thomas Idle, por outro lado, era um vadio do tipo irlandês ou napolitano puro; um vadio passivo, um vadio nascido e criado, um vadio consistente, que seguiria os próprios preceitos se não tivesse tanta preguiça de tê-los; um crisólito de ociosidade perfeito e completo.

Os dois aprendizes vadios encontravam-se, a algumas horas de seu refúgio, andando em direção ao norte da Inglaterra, ou seja, Thomas estava deitado em um prado, olhando para os trens que passavam sobre um viaduto distante – o que era a *sua* ideia de andar em direção ao norte; enquanto Francis andava uma milha em direção ao sul, contra o tempo – o que era a *sua* ideia de andar em direção ao norte. Nesse meio tempo, o dia avançou e as milhas seguiram virgens.

– Tom – disse Goodchild, – o Sol está se pondo. Levante, e sigamos em frente!

– Não – respondeu Thomas Idle, – eu ainda não terminei com *Annie Laurie*[2]. – E seguiu com a balada vadia, mas popular, que cantava imitando exageradamente um sotaque escocês.

---

[2] *Annie Laurie* é uma canção tradicional escocesa baseada em um poema de William Douglas (1672?-1748). (N. E.)

– Como esse sujeito era burro! – Goodchild vociferou, com a ênfase amarga do desprezo.

– Que sujeito? – Thomas Idle perguntou.

– O sujeito da sua música. Deitar e morrer! Ele tinha que chamar a atenção da garota fazendo isso? Um chorão! Por que ele não podia se levantar e dar um soco em alguém?

– Em quem? – perguntou Thomas Idle.

– Em qualquer pessoa. Em todo mundo seria melhor que em ninguém! Se eu estivesse louco como ele por uma garota, você acha que eu iria deitar e morrer? Não, senhor – continuou Goodchild exagerando cada vez mais o falso sotaque escocês – eu levantaria e bateria em alguém. Você não?

– Eu não teria nada a ver com ela. Por que me dar ao trabalho?

– Não dá trabalho nenhum, Tom, apaixonar-se – disse Goodchild, sacudindo a cabeça.

– Dá trabalho o suficiente desapaixonar-se, uma vez que nos apaixonamos – contra-argumentou Tom. – Então eu fico fora disso tudo. Seria melhor para você se fizesse o mesmo.

Sr. Goodchild, que está sempre apaixonado por alguém e, não raro, por vários alguéns ao mesmo tempo, não respondeu. Soltou um suspiro demorado do tipo que é causado por um soco na boca do estômago e, então, ajudando o Sr. Idle (que não era tão pesado quanto aquele suspiro) a levantar-se pediu que seguissem rumo ao norte.

Esses dois haviam mandado suas bagagens via trem: cada um levando consigo apenas uma mochila. Idle dedicava-se agora a lamentar-se constantemente pela ideia, rastreando o trem através dos meandros do Guia de Bradshaw[3] e descobrindo onde ele estaria agora – e agora onde? – e agora onde? – e a perguntar-se qual era a vantagem de caminhar se podiam viajar a tamanha velocidade. Era para ver os campos? Se era esse o objetivo, pode-se olhar para fora pelas janelas dos vagões. Havia muito mais coisas para se ver lá do que aqui. Além do mais, quem queria ver os campos? Ninguém. E quem é que caminhava? Ninguém. Os sujeitos combinavam de sair andando por aí, mas não o faziam. Então por que ele teria que caminhar? Não caminharia. Jurou ao passar por este marco!

Era o quinto a partir de Londres, tão longe haviam penetrado em direção ao norte. Rendendo-se à poderosa argumentação, Goodchild propôs um retorno à Metrópole e um descanso no Terminal Euston Squa-

---

[3] *Bradshaw's Railway Time Tables and Assistant to Railway Travelling* escrito por George Bradshaw (1801–1853). (N. E.)

re. Thomas concordou entusiasmado e então eles seguiram rumo ao norte no expresso da manhã seguinte levando suas mochilas no vagão de bagagens.

Era como todos os outros expressos, como todo expresso é e deve ser. Lançava sobre o campo um cheiro como o de detergente e emitia uma fumaça como a saída de um enorme bule de chá. O maior poder da natureza e da arte juntas ainda deslizava sobre alturas perigosas aos olhos das pessoas que assistiam nos campos e nas estradas, tão suave e irreal quanto um brinquedo de luz em miniatura. Agora, a máquina dava gritos histéricos de tamanha intensidade que parecia desejável que os homens que estavam no controle segurassem seus pés, batessem em suas mãos e a acalmassem. Enfiavam-se em túneis com uma energia tão teimosa e retraída que o trem parecia estar voando ao encontro da escuridão. Aqui, passavam estações atrás de estações, engolidas pelo expresso sem parada. Aqui, estações em que entrou com a violência de uma saraivada de balas de canhão, jogou longe quatro camponeses que levavam ramos de flores e três homens de negócios com suas maletas e disparou-se para fora novamente, bang, bang, bang! Após longos intervalos havia bares desconfortáveis, ainda mais desconfortáveis devido ao desprezo da Bela pela Fera, o público (mas a quem ela nunca cedeu, como fez Bela na história, com respeito à outra Besta) e onde estômagos sensíveis eram alimentados com uma agudeza insolente causando indigestão. Aqui, novamente, estavam estações que não tinham nada além de um sino e lindas lâminas de madeira em postes altíssimos, cortando o vento. Nestes campos, cavalos, ovelhas e gado estavam bem acostumados ao meteoro trovejante e não se importavam; naqueles, galopavam todos juntos e uma vara de porcos cheirava atrás deles. O campo pastoral escureceu, parecia ter traços de carvão, tornou-se esfumaçado, tornouse infernal, melhorou, piorou, melhorou novamente, ficou rude, ficou romântico; foi uma floresta, um rio, uma cadeia de montanhas, um desfiladeiro, um pântano, uma catedral, um forte, uma ruína. Agora, casas escuras miseráveis, um canal escuro e torres de chaminés escuras e doentes; agora, um jardim bem cuidado, onde as flores eram majestosas; agora, uma selva de pedestais horrorosos todos em chamas; agora, os prados com seus anéis de fada; agora, o pedaço sarnento de terra com prédios vazios nos arredores da cidade estagnada, com o ringue enorme onde o Circo esteve na semana passada. A temperatura mudou, o dialeto mudou, as pessoas mudaram, rostos ficaram mais finos, os modos diminuíram, os olhos ficaram mais astutos e mais duros; mas tudo tão rapidamente, que o guarda elegante com o uniforme londrino e o laço prata ainda não havia amarrotado seu colarinho, entregado todos os despachos que estavam em seu bolso brilhante ou lido seu jornal.

Carlisle! Idle e Goodchild chegaram a Carlisle. Parecia simpática e encantadoramente vadia. Algo de diversão pública havia acontecido no mês anterior e algo mais aconteceria antes do Natal; e, no meio tempo, havia uma palestra sobre a Índia para os que de lá gostavam – que não era o caso de Idle e Goodchild. Da mesma forma, para os que gostavam delas, havia impressões para se comprar, de todas as estampas monótonas e de quase todos os livros monótonos. Para os que queriam guardar algo em urnas, aqui estavam as urnas. Para os que queriam o reverendo Sr. Podgers (provas do artista, trinta xelins), aqui estava o Sr. Podgers, em qualquer quantidade. Não menos gracioso e abundante, Sr. Codgers também do vinhedo, mas, ao contrário do Sr. Podgers, fraternalmente disputado a unhas e dentes. Aqui estavam mapas das antiguidades vizinhas e também dos lagos, de vários tipos secos e vigorosos; aqui, muitas cabeças fisica e moralmente impossíveis de ambos os sexos, para mocinhas copiarem, no exercício da arte do desenho; aqui, mais longe, uma imitação do SR. SPURGEON, sólida como se fosse em carne e osso, isto para não dizer nojenta. Os jovens trabalhadores de Carlisle tinham boa postura, as mãos nos bolsos, do outro lado da calçada, aos quartetos e sextetos e pareciam (para a satisfação do Sr. Idle) não ter nada mais a fazer. As jovens trabalhadoras de Carlisle, que tinham de doze anos para cima, passeavam pelas ruas no frio da noite e atraíam os jovens trabalhadores. Às vezes os jovens atraíam as jovens, como era o caso de um grupo reunido em volta de um jovem que tocava acordeão, de onde um jovem saiu em direção a uma jovem por quem parecia nutrir um carinho e fez com que ela notasse que ele estava presente e era brincalhão, dando-lhe (ele usava tamancos) um chutinho.

Na manhã da feira, Carlisle amanheceu surpreendente e tornou-se (para os dois aprendizes vadios) desagradável e reprovavelmente ocupada. Havia o mercado de gado, o mercado de ovelhas e o mercado de porcos perto do rio, com Rob Roys[4] esquelé-

---

[4] Robert Roy MacGregor (1671–1734) se tornou um herói entre os escoceses do século XVIII depois de perder suas terras para James Graham, 1º Duque de Montrose e, apesar da desvantagem, enfrentá-lo. Sua fama cresceu depois que um livreto de 1726 chamado *O Ladino das Terras Altas* fez muito sucesso. (N. E.)

ticos e cabeludos escondendo seus trajes das Terras Baixas sob mantas pesadas, caminhando por entre os animais e aromatizando o ar com vapores de uísque. Havia o mercado de milho descendo a rua principal, com zumbido das pechinchas sobre os sacos abertos. Havia a feira geral nas ruas também, com vassouras de urze onde a flor roxa ainda floria e cestas de urze primitivas e novas para se contemplar. As mulheres experimentavam tamancos e chapéus em tendas abertas ao lado de bancas de Bíblias. Com "O dispensário do Doutor Mantle para a cura de todos os males humanos e sem adicional para consultas" e com o "Laboratório das ciências médica, química e botânica do Doutor Mantle – ambas instituições de cura montadas sobre um par de cavaletes e uma tábua e sob um parassol. Com o renomado frenologista de Londres, implorando para ter o favor (pelo preço de seis pence) da companhia de clientes de ambos os sexos, para quem, examinando suas cabeças, faria revelações capacitando-o(a) a conhecer a si mesmo(a). Através de todas essas barganhas e bênçãos, o sargento recrutador cotovelava cuidadosamente seu caminho, um traço de guerra na confusão pacífica. Da mesma forma nos muros estavam pintados indícios de que os Oxford Blues talvez não estivessem indispostos a ouvir de alguns bons jovens atléticos; e que considerando que o padrão daquele corpo distinto é de 1,80 m, "rapazes de 1,70 m em fase de crescimento" não precisam se desesperar por serem aceitos.

Sentindo o ar da manhã mais agradavelmente que a majestade enterrada da Dinamarca, os Srs. Idle e Goodchild foram embora de Carlisle às oito da manhã em direção à aldeia de Hasket, Newmarket, que ficava a uns 23 quilômetros dali. Goodchild (que já tinha começado a duvidar de sua vadiagem: como sempre faz quando não tem o que fazer) havia lido sobre um morro ou uma montanha antiga e escura de Cumberland, chamada Carrock, ou Carrock Fell; e tinha chegado à conclusão de que seria o triunfo culminante da vadiagem subir tal montanha. Thomas Idle, atendo-se às dores inseparáveis de tal conquista, expressara as mais profundas dúvidas a respeito da conveniência, e até mesmo da sanidade, do empreendimento, mas Goodchild manteve sua posição e eles seguiram em frente.

Monte acima e monte abaixo, e virando para a direita e virando para a esquerda, e com a velha Skiddaw[5] (superestimada muito além do que mereceriam seus méritos; mas ainda assim o melhor caminho) es-

---

[5] A quarta montanha mais alta da Inglaterra. (N. E.)

quivando-se dos aprendizes de uma maneira pitoresca e agradável. Casas boas, à prova do tempo, quentes, agradáveis e feitas de cal pontilhavam escassamente o caminho. Crianças limpas saindo para olhar, carregando outras crianças limpas quase tão grandes quanto elas mesmas. A colheita ainda na terra e regada a muita chuva; aqui e ali, colheita ainda não colhida. Hortas bem cultivadas ao lado das casas, com muitos hortifrutis tirados com força do solo duro. Recantos solitários e selvagens; mas as pessoas podem nascer, e casar e ser enterradas em tais recantos, e podem viver e amar, e serem amadas, lá e em qualquer lugar, graças a Deus! (Observação do Sr. Goodchild.) Depois de um tempo, o povoado. Casas pretas, de pedras ásperas e quase sem janelas; algumas com escadas exteriores, como casas suíças; uma valeta sinuosa e pedregosa que acabava no morro virando a esquina. Todas as crianças correndo. As mulheres fazendo pausa em suas lavagens para espiar pelas portas e pequeníssimas janelas. Tais eram as observações dos Srs. Idle a Goodchild quando pararam no sapateiro do povoado. A velha Carrock olhava tudo isso lá de cima, muito mal-humorada; e a chuva começava a cair.

O sapateiro do povoado negou que tivesse qualquer coisa a ver com Carrock. Nenhum visitante subia a montanha. Nenhum visitante nunca nem vinha ali. O motorista recorreu ao estalajadeiro. O estalajadeiro tinha dois homens trabalhando no campo e um deles deveria vir para subir a Carrock como guia. Os Srs. Idle e Goodchild, aprovando a ideia, entraram na casa do estalajadeiro para beber uísque e comer bolo de aveia.

O estalajadeiro não era vadio o suficiente – não era nada vadio, o que era um grande defeito nele – mas era um belo exemplar de homem do norte, ou de qualquer tipo de homem. Ele tinha um rosto corado, olhos brilhantes, cabelos bem aparados, mãos imensas, uma voz alegre e alta e um olhar direto, brilhante e largo. Ele tinha também um salão, no andar de cima, que valia a visita a Cumberland. (Essa era a opinião do Sr. Francis Goodchild, com que Thomas Idle não concordava.)

O teto do salão era tão cruzado e recruzado por vigas de tamanhos desiguais, saindo de um centro, em um canto, que parecia uma estrela-do-mar quebrada. O cômodo era confortável e solidamente decorado com bom mogno e tecidos de crina de cavalo. Tinha uma lareira aconchegante e duas janelas com lindas cortinas que davam que para o campo selvagem que ficava atrás da casa. O que mais tinha ali era um gosto inesperado por pequenos enfeites e quinquilharias, os quais havia um número surpreendente. Não apresentavam muita variedade, consistindo em sua maioria de bebês de cera com seus membros mais ou menos mutilados, apelando para os sentimentos paternos; mas o Tio Tom[6] estava lá, em cerâmica, recebendo conselhos teológicos da Sra. Eva, que crescia de sua lateral como um tumor, como uma forma extremamente crua de propagandismo silhuetal. Gravuras do menino do Sr. Hunt, antes e depois de sua torta, estavam na parede, separadas por uma peça náutica bem colorida. Um senhor idoso e benevolente do século anterior, com uma cabeça branca, ficava de sentinela, em óleo e verniz sobre um móvel desconcertante em uma mesa; com a aparência de um assento ou uma caixa de facas, quando aberto, era um instrumento musical de cordas tilintantes, exatamente como a harpa de David embalada para viagem. Tudo virava um enfeitinho nesse cômodo curioso. A chaleira de cobre, polida a ponto de alcançar a glória, tomava seu lugar à maior distância possível da lareira dizendo: "Com sua licença, não uma chaleira, um *bizou*." O prato de manteiga da feira de Staffordshire com uma

---

[6] Referência ao personagem do livro *A cabana do Pai Tomás* de Harriet Beecher Stowe (1811—1896). (N. E.)

capa ficava sobre uma mesinha redonda embaixo de uma janela, com um topo trabalhado, e anunciava para as duas cadeiras acidentalmente colocadas ali, como um artifício para uma conversa educada, uma graciosa bagatela de porcelana para ser assunto dos visitantes, enquanto esbanjam levianamente os momentos ocasionais de uma existência breve, naquele povoado velho em Cumberland. Mesmo o tablado não ficava no chão, mas sobre um sofá, e de lá se proclamava em um alívio de lã branca e cor de fígado, ao lado de um spaniel que repousava. Mas, na verdade, apesar de seus olhos brilhantes de vidro, o spaniel era a aquisição menos bem sucedida da coleção: por ser perfeitamente chato e sugerir tristemente um engano recente de um membro corpulento da família ao sentar-se.

Havia livros também no cômodo; livros sobre a mesa, livros sobre a lareira, livros em um canto. Fielding estava lá, e Smollett estava lá, e Steele e Addison[7] estavam lá em volumes dispersos; e havia contos daqueles que afundam nos mares em navios, em noites de vento; e havia boas escolhas para se ler em

---

[7] O texto cita vários escritores Henry Fielding (1707–1754), Tobias George Smollett (1721–1771), Richard Steele (1672–1729) e Joseph Addison (1672–1719). (N. E.)

dias chuvosos ou ensolarados. Era tão agradável ver essas coisas em um lugar tão solitário, tão coerente encontrar essas evidências de um gosto, apesar de caseiro, que ia além da limpeza e do cuidado com a casa, tão fantasioso imaginar a maravilha que um cômodo pode ser para as crianças nascidas no povoado sombrio, que grandes impressões do cômodo aqueles que se tornassem andarilhos iam levar consigo; e como, em extremidades distantes do mundo, alguns velhos viajantes morreriam, estimando a crença de que o mais fino cômodo que já existiu estava um dia na Estalagem Hesket-Newmarket, no velho Cumberland. Era uma ocupação tão elegantemente preguiçosa alimentar esses pensamentos divagantes enquanto apreciavam o bolo de aveia e o uísque, que o Sr. Idle e o Sr. Goodchild não se perguntaram como podia ser que não se falou mais dos homens do campo, como o senhorio da estalagem os substituiu sem explicação, como sua charrete de repente estava esperando na porta e como tudo se deu sem a menor preparação para que escalassem os ombros da velha Carrock e sentassem em sua cabeça.

Sem uma palavra de questionamento, então, os Dois Aprendizes Vadios foram levados sob uma chuva fina, macia, sonolenta e penetrante; entraram na charrete leve do senhorio e chacoalharam pelo povoado em direção ao pé de Carrock. A jornada desde o início não foi notável. A estrada de Cumberland subia e descia como todas as outras estradas, os vira-latas de Cumberland saíam de trás das casas e latiam como quaisquer outros vira-latas e os camponeses de Cumberland ficavam olhando para a charrete impressionados, durante todo o tempo em que estivesse à vista, como o resto de sua raça. As proximidades do pé da montanha lembravam quaisquer outras proximidades de quaisquer outras montanhas pelo mundo. O cultivo gradualmente diminuiu, as árvores ficaram gradualmente raras, a estrada tornou-se gradualmente mais áspera e as laterais da montanha pareciam gradualmente mais e mais altas e mais e mais difícil de se escalar. A charrete foi deixada em uma solitária casa de fazenda. O senhorio emprestou um guarda-chuva grande e, tornando-se em um instante o mais animado e aventureiro dos guias, tomou a frente para liderar a escalada. O Sr. Goodchild olhava ansiosamente para o topo da montanha e, sentindo aparentemente que ele agora iria ser muito preguiçoso de fato, tudo pareceu-lhe brilhante aos olhos, sob a influência do contentamento interior e da umidade exterior. Somente no peito do Sr. Thomas Idle o Desânimo ainda mantinha triste morada. Ele guardou segredo, mas teria dado uma quantia generosa de dinheiro, quando a escalada começou, para estar de volta à estalagem. As laterais de Carrock pareciam terrivelmente íngremes e o topo de Carrock estava escondido por uma névoa. A chuva caía cada vez mais rápida. Os joelhos do Sr. Idle – sempre fracos em excursões a pé – tremiam e chacoalhavam de medo e frio. A umidade já penetrava pelo casaco do jovem e entrava em sua jaqueta novinha, pela qual ele havia relutantemente pagado a grande soma de dois guinéus quando deixaram a cidade. Ele não trazia bebidas consigo, mas um pequeno pacote de especiarias de gengibre úmidas; ele não tinha ninguém para oferecer-lhe uma mão, ninguém para empurrá-lo gentilmente por trás, ninguém para puxá-lo gentilmente pela frente, ninguém com quem conversar que realmente estivesse sentindo as dificuldades da subida, da umidade da chuva, da densidade da névoa e da indescritível loucura da subida, sem propósito, quando havia o chão reto para se andar. Foi para isso que Thomas deixara Londres? Londres, onde há boas caminhadas curtas em jardins públicos nivelados, com bancos para repousar a uma distância conveniente para viajantes cansados. Londres, onde as pedras ásperas são humanamente trituradas em pequenos pedaços para a estrada e inteligentemente moldadas em pedras lisas para pavimento! Não! Não foi para escalar laboriosamente os rochedos de Carrock que Idle deixara sua cidade natal e viajara para Cumberland. Nunca ele havia se sentindo mais desastrosamente convencido de que cometera um erro grave de juízo do que quando se descobriu parado na chuva ao pé de uma montanha íngreme e soube que a responsabilidade de chegar de fato ao topo desta estava sobre seus ombros cansados.

O senhorio honesto ia à frente, seguido por um Goodchild radiante, por sua vez seguido de um Idle melancólico. De tempos em tempos, os dois membros que iam mais à frente da expedição trocavam de lugar na marcha, mas a retaguarda nunca alterava sua posição. Subindo ou descendo a montanha, na água ou no chão seco, por sobre as pedras, através dos pântanos, contornando a urze, o Sr. Thomas Idle era sempre o último e sempre o homem que exigia cuidados e por quem tinha-se que esperar. No início, a subida era ilusoriamente fácil, as laterais da montanha inclinavam-se gradualmente e o material de que eram compostas era uma relva esponjosa macia, muito tenra e agradável para se andar. Depois de uns cem metros, no entanto, o cenário verdejante e a encosta fácil desapareceram e as rochas apareceram. Não eram pedras nobres, grandes, que ficavam retas, mantendo certa regularidade em suas posições e apresentando, aqui e ali, topos retos para se sentar, mas pedras pequenas, irritantes e sem nenhum conforto, jogadas de qualquer maneira pela Natureza; pedras traiçoeiras, desanimadoras, de todos os pequenos tamanhos e pequenos formatos, machucadoras dos dedos macios e tropeçadeiras de pés oscilantes. Quando esses impedimentos passaram, urzes e lamaçal apareciam. Aqui a inclinação da subida foi ligeiramente atenuada; e aqui o trio explorador virou-se para olhar a vista abaixo. O cenário de charneca e os campos tinham a cor débil da água que sai de uma esponja. A neblina escurecia, a chuva engrossava, as árvores rareavam e eram como sombra apagada, as linhas de divisão que mapeavam os campos foram ficando apagadas e a casa de fazenda solitária onde a charrete havia sido deixada, parecia espectral na luz cinza como se fosse a última morada humana no fim do mundo habitável. Era uma vista que valia a pena escalar para ver? Certamente – certamente que não!

Subindo novamente, pois o topo de Carrock ainda não fora alcançado. O senhorio, tão bem-humorado e amável quanto estava no pé da montanha. O Sr.

Goodchild com os olhos mais brilhantes e o rosto mais vermelho que nunca; cheio de observações animadas e citações cabíveis; e andando com uma elasticidade maravilhosa de se ver. O Sr. Idle, mais e mais longe na retaguarda, com a água chiando nos dedos de suas botas, com sua jaqueta caindo umidamente sobre seu corpo dolorido, com seu casaco tão cheio de chuva e parecendo cair tão rigidamente, consequentemente, de seus ombros, que ele sentia como se estivesse andando em um extintor gigante – o espírito desesperado dentro de si representando muito adequadamente a vela recém apagada. Subindo e subindo e subindo novamente, até que um espinhaço é alcançado e as margens da névoa no cume de Carrock ficam obscuras e chuvosamente próximas. Será isso o topo? Não, nada a ver com o topo. É uma peculiaridade agravante de todas as montanhas que, apesar de elas terem apenas um topo quando são vistas (como devem sempre ser vistas) de baixo, revelam-se uma erupção perfeita de falsos topos sempre que o viajante é suficientemente mal aconselhado a sair de seu caminho com o objetivo de escalá-los. Carrock não passa de uma montanhazinha borra-botas de 450 metros e finge ter falsos topos e até mesmo precipícios, como se fosse Mont Blanc. Não importa; Goodchild gosta dela e vai seguir em frente; e Idle, que tem medo de ser deixado para trás sozinho, deve seguir. Passando as margens da névoa, o senhorio passa e diz que espera que ela não fique mais espessa. Já se passaram vinte anos desde a última vez que ele escalou Carrock e é quase possível, se a névoa aumentar, que o grupo se perca na montanha. Goodchild ouve essa insinuação terrível e não fica nem um pouco impressionado. Ele marcha em direção ao topo que nunca será encontrado, como se fosse o Judeu Errante, fadado a continuar para sempre, desafiando qualquer coisa. O senhorio acompanha-o fielmente. Os dois, ao olhar fraco de Idle, lá embaixo, parecem, na névoa exagerada, um par de gigantes amigáveis, construindo os degraus de um castelo invisível juntos. Subindo e subindo e depois descendo um pouco, e depois subindo e depois seguindo uma faixa de terreno plano e então subindo novamente. O vento, um vento desconhecido no vale feliz, sopra forte e afiado; a garoa torna-se impenetrável; um triste túmulo coberto por pedras aparece. O senhorio coloca mais uma à pilha, primeiro andando em volta do túmulo como se estivesse fazendo um encantamento, e então depositando a pedra no topo da pilha como um mágico que adiciona um ingrediente ao caldeirão borbulhante. Goodchild senta-se ao lado do túmulo como se fosse sua escrivaninha em casa; Idle, encharcado e ofegante, levanta-se de costas para o vento, nota claramente que este é finalmente o topo, olha em volta com toda a pouca curiosidade que ainda lhe resta e recebe, em contrapartida, uma vista magnífica de... Nada!

O efeito desse espetáculo sublime nas mentes do grupo explorador fica um pouco prejudicado pela natureza da conclusão direta que a vista aponta: a dita conclusão é que a névoa da montanha acumulou-se em volta deles, como o senhorio havia temido. Agora torna-se imperativamente necessário saber o local exato da casa de fazenda no vale em que a charrete havia sido deixada, antes que os viajantes tentassem descer. Enquanto o senhorio tenta descobrir isso do seu jeito, o Sr. Goodchild mergulha a mão sob o casaco molhado, tira um pequeno estojo marroquino, abre-o e coloca à vista de seus companheiros uma bússola. Eles encontram o norte, o ponto em que a casa de fazendo estaria situada é decidido e a descida começa. Depois de um tempo andando montanha abaixo, Idle (atrás, como de costume) vê seus companheiros viajantes desviaram bruscamente, tenta segui-los, perde-os na névoa, gritam seu nome, esperam-no, recuperam-no e então descobre que um "alto!" foi declarado, em parte por sua causa, em parte para consultar novamente a bússola.

O ponto em debate é decidido como anteriormente entre Goodchild e o senhorio e a expedição seguiu em frente, não descendo a montanha, mas marchando em frente contornando seu declínio. A dificuldade de seguir essa nova rota é sentida intensamente por Thomas Idle. Ele sente a dificuldade até mesmo de caminhar muito acrescida pelo cansaço de mover seus pés para frente ao longo da encosta, quando sua tendência natural, a cada passo, é virar em um ângulo reto e descer a declividade. Que o leitor imagine-se atravessando o telhado de um galpão, e não descendo ou subindo, e terá a ideia exata da dificuldade em que os viajantes estavam agora envolvidos. Em mais dez minutos Idle havia se perdido à distância novamente, gritaram por ele, esperaram por ele, recuperaram-no como antes; encontrou Goodchild repetindo sua observação sobre a bússola e protestou calorosamente contra a rota que seus companheiros insistiam em seguir. Para a mente não instruída de Thomas parecia que, quando três homens querem chegar ao pé de uma montanha, eles devem andar para baixo; e ele manifestou sua opinião sobre o caso, não só enfaticamente, mas até com alguma irritabilidade. Responderam-lhe da iminência científica da bússola sobre a qual seus companheiros estavam debruçados, pois havia um abismo terrível em algum lugar próximo ao pé de Carrock, chamado O Arco Preto, em direção ao qual certamente caminhariam na névoa, se arriscassem continuar descendo do lugar onde agora tinham parado. Idle recebeu essa resposta com o silêncio respeitoso que era devido aos comandantes da expedição e seguiu através do telhado do galpão, ou melhor, da encosta da montanha, pensando sobre a segurança que recebeu ao começar de novo, de que o objetivo do grupo era só o de chegar a "um certo ponto" e, chegando lá, continuar a descida até que chegassem ao pé de Carrock. Embora bastante irrepreensível como forma abstrata de expressão, a frase "um certo ponto" tem a desvantagem de soar um tanto vaga quando pronunciada em chão desconhecido, sob um toldo de névoa muito mais espessa que um nevoeiro londrino. No entanto, depois da bússola, a expressão era a única pista que o grupo tinha a que se ater e Idle agarrou-se nela o mais esperançosamente que podia.

Mais caminhada para o lado, névoa mais e mais espessa, todo o tipo de pontos alcançados a não ser o "certo ponto"; terceira vez que se perde Idle, terceira vez que se grita seu nome, terceira recuperação, terceira consulta à bússola. O Sr. Goodchild tira-a carinhosamente do bolso e prepara-se para ajustá-la sobre uma pedra. Algo cai sobre a relva – é o vidro. Algo cai imediatamente depois – é a agulha. A bússola se quebra e o grupo explorador se perde!

É o costume de toda a porção inglesa da raça humana receber todos os grandes desastres com um silêncio mortal. O Sr. Goodchild devolveu a bússola inútil ao bolso sem dizer uma palavra, o Sr. Idle olhou para o senhorio e o senhorio olhou para o Sr. Idle. Não havia nada a fazer agora a não ser andar às cegas e confiar no acaso. Assim, os viajantes perdidos seguiram em frente, seguindo ainda a encosta da montanha, ainda desesperadamente decididos a evitar o Arco Preto e a alcançar com sucesso "um certo ponto".

Um quarto de hora trouxe-os à beira de um barranco, ao pé do qual fluía um pequeno córrego lamacento. Aqui declarou-se outro alto! e mais uma consulta se fez. O senhorio, atendo-se ainda à ideia de chegar ao "ponto", votou que cruzassem o barranco e seguissem contornando a encosta da montanha. O Sr. Goodchild, para o alívio de seu companheiro viajante, revisou o caso e apoiou a proposta do Sr.

Idle de descer Carrock de uma vez, a qualquer custo, sendo o córrego um guia seguro para se seguir da montanha até o vale. Assim, o grupo desceu até as margens acidentadas e pedregosas do córrego e novamente Thomas perdeu muito terreno e ficou muito atrás de seus companheiros viajantes. Não muito mais que seis semanas tinham se passado desde que tinha torcido um dos tornozelos e ele começou a sentir este mesmo tornozelo ficar cada vez mais fraco quando se encontrou entre as pedras espalhadas sobre a água a correr. Goodchild e o senhorio estavam cada vez mais longe dele. Viu-os atravessarem o córrego e desaparecerem atrás de uma saliência em sua margem. Ouviu-os gritarem logo depois em sinal de que tinham parado e estavam esperando por ele. Respondendo ao grito, ele apressou o passo, cruzou o córrego onde eles o haviam cruzado e estava a um passo da margem oposta, quando seu pé escorregou em uma pedra molhada, o tornozelo fraco virou para fora, uma dor quente e dilacerante rasgou-o no mesmo momento e o mais vadio dos Dois Aprendizes Vadios foi ao chão, momentaneamente aleijado.

A situação era agora, em termos simples, um perigo absoluto. Lá estava o Sr. Idle, contorcendo-se de dor, lá estava a névoa, mas espessa do que nunca, lá estava o senhorio tão completamente perdido quanto os estranhos que conduzia e lá estava a bússola, quebrada no bolso de Goodchild. Deixar o miserável Thomas em terras desconhecidas era absolutamente impossível; e fazê-lo andar com um tornozelo terrivelmente torcido parecia igualmente fora de questão. No entanto, Goodchild (que voltou com os gritos de socorro) enfaixou o tornozelo com um lenço de bolso e, assistido pelo senhorio, colocou o aprendiz aleijado em pé, ofereceu-lhe um ombro para se apoiar e perguntou, pelo bem de todo o grupo, se conseguia andar. Thomas, assistido pelo ombro de um lado e por um galho do outro, tentou, com a dor e a dificuldade que só pode imaginar quem já torceu o tornozelo e teve que pisar nele depois. Em um ritmo adaptado ao mancar fraco de um homem recém-coxo, o grupo perdido continuou, ignorando perfeitamente se estavam do lado certo da montanha ou não e igualmente incertos do tempo que Idle ainda conseguiria aguentar a dor no tornozelo antes de desistir e cair novamente, incapaz de dar mais um passo.

Vagarosa e mais vagarosamente, conforme o obstáculo que era Thomas aleijado pesava mais e mais na marcha da expedição, os viajantes perdidos seguiram as curvas do córrego até chegarem a uma estrada marcada por uma carroça, ramificando-se perto dali em ângulos retos, à esquerda. Depois de uma pequena consulta, estava resolvido que seguiriam o vestígio pouco perceptível de estrada na esperança de que levaria a uma fazenda ou casa de campo, onde Idle pudesse ser deixado em segurança. A tarde começava agora a avançar e ficava cada vez mais claro que o grupo, atrasado em seu progresso como estava, poderia ser tomado pela escuridão antes que a rota certa fosse encontrada e condenado a passar a noite na montada, sem uma gota de conforto em suas roupas molhadas.

A estrada marcada foi ficando cada vez mais apagada até um ponto em que havia sido completamente lavada por outro pequeno córrego, escuro, turbulento e rápido. O senhorio sugeriu, a julgar pela cor da água, que o córrego vinha de uma das minas de chumbo nos arredores de Carrock; e os viajantes concordaram em continuar seguindo o riacho por um tempo, na esperança de encontrar ajuda no caminho. Depois de seguir em frente por uns 200 metros, eles chegaram a uma mina de fato, mas uma mina abandonada; um lugar sombrio e em ruínas com nada além dos destroços de suas obras e construções para falar por ela. Aqui, havia algumas ovelhas comendo. O senhorio olhou para elas humildemente, pensou ter reconhecido suas marcas; depois pensou que não; finalmente desistiu das ovelhas e seguiu em frente tão ignorante a respeito de onde estavam quanto antes.

A marcha no escuro, literal e metaforicamente no escuro, tinha agora continuado por três quartos de hora desde que o aprendiz aleijado havia se encontrado com seu acidente. O Sr. Idle, com toda a vontade de conquistar a dor no tornozelo e seguir mancando, viu que a força rapidamente se esvaía e percebeu que no máximo dez minutos se passariam até que acabassem seus últimos recursos físicos. Ele tinha acabado de se convencer disso e ia comunicar o resultado infeliz de suas reflexões a seus companheiros quando a névoa repentinamente clareou e começou a levantar logo em frente. Em mais um minuto, o senhorio, que estava à frente, proclamou ter visto uma árvore. Logo, outras árvores apareceram; então uma casa de campo; e outra; e um pedaço de estrada familiar apareceu atrás delas. Depois de tudo, a própria Carrock aparece tristemente à distância à direita. O grupo não só tinha descido a montanha sem perceber, mas afastado-se dela na névoa, sem saber por quê... longe, lá embaixo no pântano pelo qual haviam se aproximado do pé de Carrock naquela manhã.

A feliz dispersão da névoa, e a descoberta ainda mais feliz de que os viajantes haviam tateado seu caminho, embora por uma rotunda muito sem sentido, até mais ou menos meio quilômetro do lugar no vale onde ficava a casa de fazenda, recuperou os sentidos do Sr. Idle e reanimou sua força esvaída. Enquanto o senhorio corria para pegar a charrete, Goodchild ajudou Thomas a chegar até a casa de campo que foi a primeira construção vista quando a escuridão clareou e foi encostado contra o muro do jardim, como a figura de um artista esperando para ser encaminhada, até que a charrete chegasse vinda da casa de fazenda lá embaixo. Depois de um tempo – e um tempo que pareceu muito longo ao Sr. Idle – o chacoalhar das rodas da charrete foi ouvido e o aprendiz aleijado foi levado a seu assento. Enquanto a charrete voltava à estalagem, o senhorio contou uma anedota que tinha acabado de ouvir na fazenda de um infeliz que se perdeu, como seus dois hóspedes e ele, na Carrock; que tinha passado a noite lá sozinho; que tinha sido encontrado na manhã seguinte "assustado e faminto"; e que nunca mais saiu de casa, exceto a caminho do túmulo. O Sr. Idle ouviu a história triste e tirou dela pelo menos um pensamento útil. Por pior que fosse a dor no tornozelo, ele conseguiu suportá-la pacientemente, pois estava grato por não ter sofrido um acidente ainda pior nos confins de Carrock.

Capítulo II

A charrete, com o Sr Thomas Idle e seu tornozelo no assento de trás, o Sr. Francis Goodchild e o estalajadeiro na frente e a chuva em bicas e respingos em toda parte, fez o melhor que podia a caminho da pequena estalagem; os pântanos parecendo milhas e milhas de pão pré-adamita, ou as ruínas de uma tigela de torradas e água antediluviana. As árvores escorriam; os beirais das casas espalhadas escorriam; os muros de pedra árida que dividiam as terras escorriam; os cães latindo escorriam; carroças e vagões sob galpões mal-cobertos escorriam; galos e galinhas melancólicos empoleirados em seus poleiros ou procurando abrigo sob eles escorriam; Sr. Goodchild escorria; Thomas Idle escorria; o estalajadeiro escorria; a égua escorria; as vastas cortinas de névoa e nuvens que passavam diante das formas sombrias dos montes vertiam água como se fossem desenhados na paisagem. Descendo campos muito íngremes que a égua parecia estar trotando sobre a própria cabeça, e subindo campos tão íngremes que ela parecia ter uma perna complementar no rabo, a charrete sacudiu e voltou à estalagem. Estava chovendo muito para as mulheres olharem pela janela, chovendo muito mesmo para as crianças olharem pela janela; todas as portas e janelas estavam fechadas e o único sinal de vida ou movimento eram as poças perfuradas pela chuva.

Uísque é óleo para o tornozelo de Idle e uísque sem óleo para o estômago de Francis Goodchild produziram uma mudança agradável no sistema de ambos; acalmando a dor do Sr. Idle, que antes estava aguda, e adoçicando ainda mais o temperamento do Sr. Goodchild, por não apresentar mudanças no vestuário exterior, além da casimira e do veludo, tornou-se repentinamente um magnífico portento na casa do estalajadeiro, um frontispício brilhante da moda do mês e uma anomalia terrível no povoado de Cumberland.

Muito envergonhado de sua aparência esplêndida, o consciente Goodchild tentou escondê-la tanto quanto possível, à sombra do tornozelo de Thomas Idle e em um canto da pequena carruagem coberta que os levava a Wigton – a mais desejável das carruagens para qualquer lugar, a não ser pelo fato de ter um teto reto e não ser coberta dos lados, o que fazia com que as gotas de chuva acumulassem no teto e pulassem em direção ao interior, acertando os senhores. Era confortável ver como as pessoas que voltavam da feira de Wigton em carros abertos não se importavam com a chuva como se fosse sol; como os policiais de Wigton caminhando pelo campo uns nove quilômetros (aparentemente, por prazer), em uniformes resplandecentes, aceitavam a saturação como seu estado normal; como escrivães e professores de preto andavam lentamente pela estrada sem guarda-chuva, ficando mais molhados a cada passo; como as garotas de Cumberland, vindo para dar uma olhada nas vacas de Cumberland, sacudiam-se para secar-se e riam; e como a chuva continuava a cair sobre todos, como só cai nos campos montanhosos.

A feira de Wigton havia terminado e suas barracas vazias estavam encharcadas da água da chuva. O Sr. Thomas Idle seguiu melodramaticamente até o primeiro andar da estalagem e deitou-se sobre três cadeiras (ele deitaria no sofá, se houvesse um), o Sr. Goodchild foi até a janela para dar uma olhada em Wigton e relatar o que visse ao companheiro deficiente.

– Irmão Francis, irmão Francis – choramingou Thomas Idle. – O que você vê da torre?

– Vejo – disse irmão Francis – o que eu espero e acredito que seja um dos lugares mais sombrios já vistos por olhos. Vejo as casas com seus telhados de um preto tedioso, suas fachadas manchadas e suas janelas de bordas escuras, todas parecendo como se estivessem de luto. Com cada pequeno sopro de vento que desce a rua, vejo um traço perfeito de chuva que bate nas barracas de madeira onde fica a feira e explode na minha direção. Vejo uma grande lâmpada de gás no centro que eu sei, por um instinto secreto, que não vai ser acesa esta noite. Eu vejo uma bomba, com um tripé embaixo de sua calha para suportar os vasos que são trazidos para serem preenchidos com água. Vejo um homem vir até a bomba e ele bombeia com muita força, mas nenhuma água sai e ele volta para de onde veio vazio.

– Irmão Francis, irmão Francis – choramingou Thomas Idle. – O que mais você vê da torre, além do homem e da bomba e do tripé e das casas todas de luto e a chuva?

– Vejo – disse irmão Francis – um, dois, três, quatro, cinco lojas de tecidos à minha frente. Vejo uma loja de tecidos ao meu lado direito, e mais cinco lojas de tecidos perto da esquina à esquerda. Onze lojas de tecidos homicidas a um pequeno lance de pedra de distância, cada uma com as mãos nas gargantas de todas as outras! No pequeno primeiro andar de uma dessas lojas de tecidos aparece a maravilhosa inscrição BANCO.

– Irmão Francis, irmão Francis – choramingou Thomas Idle. – O que mais você vê da torre, além das onze lojas de tecidos homicidas e da maravilhosa inscrição BANCO no pequeno primeiro andar e do homem e da bomba e do tripé e das casas todas de luto e da chuva?

– Vejo – disse irmão Francis – o depósito da Sabedoria Cristã e através do vapor espesso acho que reconheço novamente o Sr. Spurgeon muito iminente. Sua Majestade a Rainha, Deus a abençoe, impressa em cores, estou certo que vejo. Vejo o *The Illustrated London News*[1] de anos atrás e vejo uma loja de doces, que o proprietário chama de "Armazém do Sal", com uma pequena criança do sexo feminino com um gorro de algodão olhando nas pontas dos pés, absorta da chuva. E vejo uma joalheria com apenas três relógios

---

[1] Foi o primeiro jornal semanal ilustrado do mundo, fundado em 1842 teve sua publicação até 1971. Entre seus colaboradores estava Wilkie Collins. (N. E.)

pálidos de um metal pobre pendurados em sua janela, cada um em seu próprio painel.

– Irmão Francis, irmão Francis – choramingou Thomas Idle. – O que mais você vê em Wigton, além desses objetos e do homem e da bomba e do tripé e das casas todas de luto e da chuva?

– Não vejo mais nada – disse irmão Francis – e não há nada mais para ver, exceto o cartaz do teatro, que foi aberto e fechado semana passada (a família do gerente fazia todos os papéis) e do ônibus pequeno e quadrado que vai até a estação e leva uma vida muito barulhenta por sobre as pedras para aguentar por muito tempo. Ah sim! Agora, vejo dois homens com as mãos nos bolsos de costas para mim.

– Irmão Francis, irmão Francis – choramingou Thomas Idle. – O que você entende olhando da torre da expressão dos dois homens com as mãos nos bolsos de costas para você?

– São homens misteriosos – disse irmão Francis – com costas inescrutáveis. Mantêm-se de costas para mim com persistência. Se um deles virar-se um centímetro em qualquer direção, o outro vira um centímetro na mesma direção, nada mais. Viram-se com muita dureza, sobre um pivô muito pequeno, no meio da feira. Suas aparências são parcialmente de mineiros, parcialmente de camponeses, parcialmente de cocheiros. Olham para o nada, com muita seriedade. Suas costas são molengas e suas pernas curvas. Seus bolsos são soltos e parecem orelhas de cachorro, de tanto porem as mãos neles. Eles estão lá para tomarem chuva, sem nenhum movimento de impaciência ou insatisfação e ficam tão perto um do outro que o cotovelo de um encosta o cotovelo de outro, mas eles nunca falam. Cospem às vezes, mas nunca falam. Está ficando cada vez mais escuro, mas ainda os vejo, os únicos cidadãos visíveis do lugar, parados para tomar chuva de costas para mim, e olhando para o nada com muita seriedade.

– Irmão Francis, irmão Francis – choramingou Thomas Idle. – Antes que abaixe a cortina da torre e entre para ter sua cabeça queimada pelo gás, veja, se conseguir, e reporte a mim algo na expressão desses dois homens incríveis.

– As sombras escuras – disse Francis Goodchild – estão acumulando-se rápido e as asas da noite e as asas do carvão estão tomando Wigton. Ainda assim eles olham para o nada com muita seriedade, de costas para mim. Ah! Agora eles viram e eu vejo...

– Irmão Francis, irmão Francis – choramingou Thomas Idle. – Diga-me rapidamente o que vê dos dois homens de Wigton!

– Vejo – disse Francis Goodchild – que eles não têm nenhuma expressão. E agora a cidade vai dormir, nada impressionada com a lâmpada apagada na feira; e não deixe nenhum homem despertá-la.

Ao fim da jornada do dia seguinte, o tornozelo do Sr. Thomas Idle ficou muito inchado e inflamado. Há razões agradavelmente autoexplicativas para a não indicação da direção exata que essa jornada seguiu ou do lugar em que terminou. Foi um dia longo de chacoalhos de Thomas Idle pelas estradas duras e um dia longo saindo e andando a frente dos cavalos e trabalhando sobre os montes e vasculhando as colinas da parte do Sr. Goodchild que, na fatiga de tais trabalhos parabenizou-se por atingir um ponto tão alto de vadiagem. Foi numa cidade pequena, ainda em Cumberland, que eles pararam para passar a noite – uma cidade bem pequena, com a terra roxa e marrom sobre sua única rua; um pequeno marco antigo e curioso construído no meio da cidade; e a própria cidade com a aparência de que era uma coleção de pedras empilhadas pelos druidas há muito tempo, que um povo recluso então coletou para fazer suas casas.

– Existe um médico aqui? – perguntou o Sr. Goodchild, de joelhos, para a dona maternal da pequena estalagem, parando o exame que fazia do tornozelo do Sr. Idle com o auxílio de uma vela.

– Sim, dou-lhe palavra! – disse a dona, olhando duvidosa para o tornozelo. – Tem o doutor Speddie.

– Ele é um bom médico?

– Sim! – disse a dona. – Eu considero um bom médico. E ele é O médico daqui.

– A senhora acha que ele está em casa?

– Vá até lá, Jock, e traga o médico.

Jock, um menino de cabeça branca que, sob o pretexto de colocar um pouco de sal em uma tina com água em que estava o tornozelo infeliz, tinha se animado muito nos últimos dez minutos espirrando água no carpete, saiu prontamente. Pouquíssimos minutos tinham se passado quando ele acompanhou o médico estalagem adentro, batendo na porta antes dele e abrindo-a com sua cabeça.

– Devagar, Jock, devagar – disse o médico enquanto avançava com um passo silencioso. – Cavalheiros, boa-noite. Sinto muito a minha presença ser necessária aqui. Um pequeno incidente, espero? Um escorregão e uma queda? Sim, sim, sim. Carrock, mesmo? Ah! Isso dói, senhor? Sem dúvida que dói. Aqui fica o grande ligamento, veja, foi gravemente torcido. Tempo e repouso, senhor! São normalmente a receita em casos mais graves – com um pequeno suspiro – e às vezes a receita em pequenos casos. Posso enviar um creme para aliviar a dor, mas precisamos deixar a cura com o tempo e o repouso.

Isso ele disse, segurando o pé de Idle sobre seu joelho com as duas mãos, sentado ao lado dele. Tocou o tornozelo carinhosamente e com destreza enquanto explicava e, quando terminou seu cuidadoso exame, devolveu-o suavemente a sua posição horizontal sobre uma cadeira.

Ele mostrava um pouco de indecisão sempre que começava a falar, mas depois seguia fluentemente. Era um cavalheiro velho, alto, magro, com ossos largos e uma aparência que à primeira vista era dura; mas em uma segunda olhada, a expressão suave de seu rosto e alguns toques peculiares de doçura e paciência em sua boca corrigiam essa impressão e marcavam suas longas caminhadas profissionais, de dia e de noite, no tempo desolador da montanha como a verdadeira causa de sua aparência. Era muito pouco corcunda, embora já passado dos setenta e bem cinzento. Suas roupas, mais como as de um clérigo do que de um médico do interior, era um terno preto liso e um lenço no pescoço branco liso amarrado como uma atadura. O preto era o pior e havia consertos em seu casaco e seu lenço era um pouco desgastado nas bordas e bainhas. Talvez ele fosse pobre – era bem provável naquele lugarzinho remoto – ou talvez fosse um pouco de autoesquecimento e excentricidade. Qualquer um perceberia à primeira olhada que ele não tinha nem mulher nem filhos em casa. Tinha um ar erudito e um tipo de humanidade atenciosa para com os outros que atraía grande consideração. O Sr. Goodchild estudou-o enquanto ele examinava o membro e quando colocou-o novamente na cadeira. O Sr. Goodchild gostaria de acrescentar que o considerava semelhantemente agradável.

Surgiu durante uma pequena conversa, que o doutor Speddie conhecia alguns amigos de Thomas Idle e tinha, quando jovem, passado alguns anos na cidade em que Thomas Idle nasceu do outro lado da Inglaterra. Alguns trabalhos vadios, fruto do aprendizado do Sr. Goodchild, também eram bastante conhecidos dele. Os viajantes preguiçosos ficaram assim mais íntimos do médico do que as circunstâncias normais do encontro permitiriam que estabelecessem e quando o doutor Speddie levantou-se para ir para casa, dizendo que mandaria o assistente com o creme, Francis Goodchild disse que não era necessário, pois, se o doutor concordasse, ele o acompanharia e traria o creme. (Tendo feito nada que o cansasse no último quarto de hora, Francis começava a temer que não estivesse em um estado de vadiagem.)

O doutor Speddie concordou educadamente com a proposta de Francis Goodchild "pois lhe daria o prazer de aproveitar mais alguns minutos da sociedade com o Sr. Goodchild do que ele teria esperado" e eles seguiram juntos até a rua. A chuva tinha quase parado, as nuvens tinham se separado diante de um vento frio que vinha do norte e as estrelas brilhavam das alturas pacíficas.

A casa do doutor Speddie era a última casa do povoado. Além dela ficava o pântano, escuro e solitário. O vento soprava de um jeito aborrecido e temeroso pelo pequeno jardim, como uma criatura sem casa que sabia que o inverno estava chegando. A casa era extremamente selvagem e solitária.

– Rosas – disse o médico quando Goodchild tocou algumas folhas molhadas que pendiam sobre o pórtico de pedra – mas elas são cortadas aos pedaços.

O médico abriu a porta com a chave que carregava e mostrou o caminho até uma sala ampla, baixa, mas bonita, com quartos de ambos os lados. A porta de um desses quartos estava aberta e o médico entrou nele com uma palavra de boas-vindas a seu convidado. O quarto também era um cômodo baixo, metade dispensário, metade sala de espera, com prateleiras com livros e garrafas nas paredes, que eram de uma cor bem escura. Havia fogo na lareira, pois a noite estava fria e úmida. Encostado à chaminé olhando para dentro dela, estava o assistente do médico.

Um homem de aparência notável. Muito mais velho do que o Sr. Goodchild esperava, pois tinha no mínimo cinquenta anos; mas isso não era nada. O que era surpreendente nele era uma palidez considerável. Seus grandes olhos pretos, suas bochechas chupadas, seus cabelos compridos e pesadamente cinza, suas mãos gastas e até a atenuação de sua figura eram esquecidos de vez devido a sua palidez extraordinária. Não havia um vestígio de cor no homem. Quando ele virou o rosto, Francis Goodchild reagiu como se uma figura de pedra tivesse olhado para ele.

– Sr. Lorn, – disse o médico – Sr. Goodchild.

O assistente, de um jeito distraído, como se tivesse se esquecido de alguma coisa, como se tivesse se esquecido de tudo, até de seu próprio nome e de si mesmo, percebeu a presença do visitante e deu um passo ficando ainda mais escondido na sombra da parede atrás dele. Mas ele era tão pálido que seu rosto destacava-se em relevo contra a parede escura e não podia mesmo ser escondido.

– O amigo do Sr. Goodchild teve um incidente, Lorn – disse o doutor Speddie. – Queremos o creme para torção grave.

Uma pausa.

– Meu bom amigo, você está mais ausente que o normal esta noite. O creme para torção grave.

– Ah! Sim! Imediatamente.

Ele estava claramente aliviado por sair dali e levar seu rosto branco e seus olhos selvagens para uma mesa em um intervalo entre os frascos. Mas, apesar de ele ter ficado lá, compondo a loção de costas para eles, Goodchild não conseguiu, por muito tempo, tirar seu olhar do homem. Quando ele, à distância, fez isso encontrou o médico observando-o, com alguma preocupação em seu rosto.

– Ele é ausente – explicou o médico, com a voz baixa. – Sempre ausente. Muito ausente.

– Ele é doente?

– Não, não doente.

– Infeliz?

– Tenho suspeitas de que foi – concordou o médico – há um tempo.

Francis Goodchild não conseguiu deixar de notar que o médico acompanhou essas palavras com um olhar benigno e protetor ao seu assistente, em que havia muito da expressão com a qual um pai preocupado olharia para um filho aflito. Ainda assim, o fato de não serem pai e filho devia ser visível à maioria dos olhos. O assistente, por sua vez, voltando-se para fazer alguma pergunta ao médico, olhou para ele com um sorriso abatido como se ele fosse sua única base e sustentação na vida.

Foi em vão que o médico, em sua cadeira de balanço, tentou desviar os pensamentos do Sr. Goodchild para a outra cadeira de balanço, longe do que estava diante dele. Por mais que o Sr. Goodchild tentasse seguir o médico, seus olhos e pensamento voltavam ao assistente. O médico logo percebeu e, depois de ficar em silêncio e sentir um pouco da perplexidade, disse:

– Lorn!

– Meu querido doutor.

– Você iria até a estalagem aplicar o creme? Você pode mostrar o melhor jeito de aplicá-lo, bem melhor que o Sr. Goodchild.

– Com prazer.

O assistente pegou seu chapéu e passou pela porta como uma sombra.

– Lorn! – disse o doutor, chamando por ele. Ele retornou.

– O Sr. Goodchild vai me fazer companhia até você chegar. Não se apresse. Desculpe por tê-lo chamado de novo.

– Não é – disse o assistente, com seu sorriso anterior – a primeira vez que o senhor me chamou de volta, querido doutor. – Com essas palavras ele foi embora.

– Sr. Goodchild – disse o doutor Speddie, em uma voz baixa e com a expressão preocupada de antes em seu rosto, – percebi que sua atenção ficou concentrada em meu amigo.

– Ele me fascina. Devo desculpar-me com o senhor, mas ele deixou-me confuso e atraiu minha atenção.

– Eu acredito que uma vida solitária e um segredo duradouro – disse o médico, trazendo sua cadeira um pouco mais próxima da do Sr. Goodchild – tornam-se, com o passar do tempo, muito pesados. Vou lhe falar uma coisa. Você pode usá-la como bem quiser, sob nomes fictícios. Sei que posso confiar em você. Estou mais inclinado a confiar-lhe esta noite, por ter sido inesperadamente levado até você e por nossa conversa na estalagem, cenas de minha vida passada. Você pode chegar mais perto, por favor?

O Sr. Goodchild chegou um pouco mais perto e o médico continuou assim: falando, a maior parte do tempo, com uma voz tão baixa, que o vento, embora não estivesse alto, ocasionalmente atrapalhava sua fala.

Quando este século dezenove era muitos anos mais jovem do que é agora, um certo amigo meu, chamado Arthur Holliday, chegou à cidade de Doncaster bem no meio do mês de setembro. Ele era um desses jovens cavalheiros imprudentes, confusos, de coração e boca abertos, que têm o dom da intimidade em sua mais alta perfeição e que passeiam sem maiores cuidados pela jornada da vida fazendo amigos, como diz a frase, onde quer que vão. Seu pai era um rico fabricante e tinha comprado uma grande propriedade nos condados do interior para fazer todos os fidalgos da vizinhança ficarem com inveja dele. Arthur era seu único filho, futuro dono da grande propriedade e dos negócios, depois que seu pai morresse; bem abastecido de dinheiro, e não cuidando muito dele, enquanto seu pai viveu. Relatos, ou escândalos, como quiser, diziam que o velho cavalheiro tinha levado uma vida selvagem em seus tempos de juventude e que, diferente de muitos pais, não estava disposto a indignar-se ao ver o filho seguir seu caminho. Isso pode ser verdade ou não. Eu mesmo só conheci o velho Sr. Holliday quando ele já estava bem velhinho e nessa época ele era um cavalheiro tão quieto e respeitável como qualquer outro com quem me encontrei.

Bem, em setembro, como lhe disse, o jovem Arthur veio a Doncaster, tendo decidido de repente, à sua maneira maluca, que ele iria às corridas. Ele só chegou à cidade quando a noite já estava acabando e foi direto cuidar de seu jantar e seu repouso no hotel principal. O jantar eles estavam prontos a dar-lhe, mas do repouso riram ao ser mencionado. Na Semana de Corridas de Doncaster, não é incomum para visitantes que não reservaram quartos com antecedência passarem a noite em suas carruagens à porta das estalagens. Quanto ao tipo mais simples de estranhos, eu mesmo frequentemente os vi, nessa época de cheias, dormindo nas escadarias por querer um lugar coberto sob o qual repousar. Por mais rico que fosse, a chance de Arthur conseguir um quarto para a noite (não tendo escrito com antecedência para reservar um) era mais que duvidosa. Ele tentou um segundo hotel, e um terceiro hotel, e duas estalagens inferiores depois disso, e encontrou em toda a parte a mesma resposta. Nenhuma acomodação para a noite de nenhum tipo estava disponível. Todos os soberanos de ouro que tinha no bolso não poderiam comprar-lhe uma cama em Doncaster na Semana de Corridas.

Para um jovem do temperamento de Arthur, a novidade de ser mandado de volta para a rua como um vagabundo sem dinheiro em todas as casas onde pedia abrigo apresentou-se como uma nova experiência muito divertida. Ele seguiu em frente, com a mala nas mãos, pedindo por uma cama em todos os lugares de entretenimento de viajantes que encontrou em Doncaster, até que entrou na periferia da cidade. A essa hora, a última luz do ocaso já tinha se apagado, a Lua subia obscura sob uma névoa, o vento estava ficando gelado, as nuvens acumulavam-se e tinha todo o jeito de que ia chover logo.

A aparência da noite teve um efeito redutivo na alegria do jovem Holliday. Ele começou a contemplar a situação em que estava do ponto de vista sério em detrimento do divertido; olhou ao seu redor procurando por mais uma estalagem, com algo muito parecido com ansiedade em sua mente a respeito de um abrigo para passar a noite. A parte suburbana da cidade para a qual tinha se desviado quase não era iluminada e ele não conseguia enxergar nada das casas quando passava por elas, a não ser que estavam ficando cada vez menores e mais sujas conforme ele caminhava. Descendo a estrada sinuosa a sua frente brilhava a luz fraca de um lampião a óleo, a única luz fraca e solitária que lutava inutilmente contra a escuridão nevoenta em toda a região. Ele resolveu continuar até essa lâmpada e então, se ela não iluminasse nada que parecesse uma estalagem, voltar à parte central da cidade e tentar pelo menos encontrar uma cadeira para sentar-se e passar a noite em um dos hotéis principais.

Conforme ia chegando perto da lâmpada, ele ouvia vozes; e, andando mais perto dela, descobriu que iluminava a entrada de um pátio estreito, em cuja parede estava pintada uma mão comprida em cor de carne apagada, apontando com um indicador magro para a inscrição:

OS DOIS ROBINS.

Arthur entrou no pátio sem hesitar para ver o que Os Dois Robins poderiam fazer por ele. Quatro ou cinco homens estavam perto da porta da casa que ficava no final do pátio, de frente para a entrada. Os homens estavam todos ouvindo um outro homem, mais bem-vestido que o resto, que contava algo a sua plateia em uma voz baixa, em que eles pareciam muito interessados.

Entrando na passagem, um estranho passou Arthur com uma mochila nas mãos que estava certamente saindo da casa.

– Não – disse o viajanto com a mochila, virando e dirigindo-se alegremente a um homem careca, gordo, com uma aparência astuta que vestia um avental branco sujo e que o tinha seguido até a passagem. – Não, Sr. Estalajadeiro, eu não fico facilmente assustado com ninharia; mas eu não me importo de confessar que não consigo aguentar *aquilo*.

Ocorreu ao jovem Holliday, no momento em que ouviu essas palavras, que ao estranho havia sido cobrado um valor exorbitante por uma cama da Os Dois Robins; e que ele não podia ou não queria pagar. No momento em que o homem virou, Arthur, confortavelmente consciente de seus bolsos bem cheios, dirigiu-se a ele com grande pressa, por medo de que outro viajante incivilizado pudesse chegar e ignorá-lo indo direto ao estalajadeiro de aparência astuta com o avental sujo e a cabeça careca.

– Se você tem uma cama para alugar – ele disse – e se aquele cavalheiro que acabou de sair não quer pagar seu preço por ela, eu pago.

O estalajadeiro espertalhão olhou para Arthur com firmeza.

– Ah, paga, senhor? – ele perguntou de uma maneira meditativa e duvidosa.

– Diga seu preço – disse o jovem Holliday, pensando que a hesitação do estalajadeiro era devida a alguma desconfiança grosseira. – Diga seu preço e eu dou-lhe o dinheiro agora mesmo se quiser?

– Você aceita por cinco xelins? – perguntou o estalajadeiro, esfregando seu queixo duplo e olhando pensativo para o teto sobre sua cabeça.

Arthur quase riu na cara do homem; mas considerando prudente que se controlasse, ofereceu os cinco xelins tão seriamente quanto conseguiu. O estalajadeiro espertalhão estendeu a mão e então repentinamente puxou-a de volta.

– Você está agindo como se fosse superior a mim – ele disse – e, antes de pegar seu dinheiro, vou fazer o mesmo com você. Veja bem, é assim que vai ser. Você pode ter uma cama inteirinha para você por cinco xelins, mas não pode ter mais que uma metade do quarto onde a cama fica. Entende o que eu estou dizendo, cavalheiro?

– É claro que entendo – Arthur respondeu, um pouco irritado. – Você quer dizer que é um quarto com duas camas e que uma das camas está ocupada?

O estalajadeiro fez que sim com a cabeça e esfregou o queixo duplo com mais força do que nunca. Arthur hesitou e mecanicamente voltou um ou dois passos em direção à porta. A ideia de dormir no mesmo quarto com um completo estranho não lhe parecia muito atraente. Ele ficou muito inclinado a largar os cinco xelins no bolso e ir para a rua mais uma vez.

– Sim ou não? – perguntou o estalajadeiro. – Decida o mais rápido que puder porque tem muita gente querendo uma cama em Doncaster esta noite, além de você.

Arthur olhou para o pátio e ouviu a chuva caindo pesada sobre a rua lá fora. Ele pensou em fazer uma ou duas perguntas antes de decidir se deixava o abrigo da Os Dois Robins.

– Quem é esse homem que ficou com a outra cama? – ele perguntou. – Ele é um cavalheiro? Quero dizer, ele é uma pessoa quieta e bem educada?

– O homem mais quieto que eu já encontrei – disse o estalajadeiro, esfregando suas mãos gordas furtivamente uma sobre a outra. – Sóbrio como um juiz e regulado como um relógio em seus hábitos. Ainda não passava das nove, há dez minutos, e ele já estava na cama. Eu não sei se isso é a noção que você tem de um homem quieto, mas é muito além da minha, isso eu posso dizer a você.

– Você acha que ele está dormindo? – perguntou Arthur

– Eu sei que ele está dormindo – o estalajadeiro respondeu. – Aliás, ele está num sono tão profundo que eu garanto que você não vai acordá-lo. Por aqui senhor – disse o estalajadeiro, falando por sobre o ombro de Holliday como se estivesse se dirigindo a um hóspede novo que havia chegado à casa.

– Aqui está – disse Arthur – determinado a estar um passo a frente do estranho, quem quer que ele fosse. – Eu vou ficar com a cama – e entregou os cinco xelins ao estalajadeiro, que assentiu com a cabeça, largou o dinheiro sem cuidado no bolso do avental e acendeu uma vela.

– Venha ver o quarto – disse o anfitrião da Os Dois Robins, indo à frente em direção à escadaria bem rapidamente, considerando o quanto estava gordo.

Eles subiram ao segundo andar da casa. O estalajadeiro entreabriu a porta, de frente para o quarto, depois parou e virou-se para Arthur.

– É uma ótima barganha, note, da minha parte e da sua – ele disse. - Você me dá cinco xelins eu dou-lhe em troca uma cama limpa e confortável; e eu garanto, de antemão, que você não vai ser incomodado ou irritado de qualquer forma, pelo homem que dorme no mesmo quarto que você – dizendo essas palavras ele olhou duramente por um momento para o rosto do jovem Holliday e então entrou com ele no quarto.

Era maior e mais limpo que Arthur esperava que fosse. As duas camas ficavam paralelas uma à outra – com um espaço de mais ou menos dois metros entre elas. Eram ambas do mesmo tamanho médio e ambas tinham as mesmas cortinas brancas, que desceriam, se necessário, cobrindo todo o seu entorno. A cama ocupada era a mais próxima da janela. As cortinas estavam abaixadas em volta dela, exceto a meia cortina ao pé, no lado da cama que ficava mais longe da janela. Arthur viu o pé do homem que estava dormindo levantando os lençóis em uma iminência pontuda, como se ele tivesse deitado de costas. Ele pegou a vela e avançou lentamente para puxar a cortina; parou no meio do caminho e ouviu por um momento, então virou-se para o estalajadeiro.

– Ele é realmente muito quieto – disse Arthur.

– Sim – respondeu o estalajadeiro. – Muito quieto.

O jovem Holliday avançou com a vela e olhou para o homem cuidadosamente.

– Como ele é pálido! Disse Arthur.

– Sim – tornou a respondeu o estalajadeiro. – Bastante pálido, não é?

Arthur chegou mais perto do homem. Os lençóis puxados até seu queixo e perfeitamente alinhados na altura de seu peito. Surpreso e vagamente assustado, conforme notou isto, Arthur chegava ainda mais perto do estranho; olhou para seus lábios cinza e entreabertos; escutou sem respirar por um instante; olhou novamente para o rosto calmo do estranho e para seus lábios e peito imóveis; e virou-se repentinamente para o estalajadeiro, com suas próprias bochechas tão pálidas no momento quanto as bochechas ocas do homem na cama.

– Venha aqui – ele sussurrou. – Venha aqui, pelo amor de Deus! O homem não está dormindo... Ele está morto!

– Você descobriu isso antes do que eu achei que descobriria – disse o estalajadeiro, calmamente. – Sim, ele está morto, com certeza. Ele morreu às cinco horas da tarde.

– Como ele morreu? Quem é ele? – perguntou Arthur, desconcertado, por um instante, pela calma audaciosa da resposta.

– Quanto a quem ele é – respondeu o estalajadeiro – não sei mais sobre ele que você. Seus livros e cartas e coisas estão aí, todas embaladas nesse papel pardo, para abrir a investigação forense hoje, amanhã ou depois. Fazia uma semana que ele estava aqui, pagando tudo direitinho e parando perto das portas, como se estivesse doente. Minha mulher trouxe o chá hoje às cinco horas; e quando ele estava colocando-o na xícara, teve um desmaiou, ou um colapso, ou um pouco dos dois, sei lá. Não conseguíamos fazê-lo voltar a si... e eu disse que ele estava morto. E o médico não conseguiu fazê-lo voltar a si... e o médico disse que ele estava morto. E aí está ele. E a investigação vai começar o quanto antes. E isso é tudo o que eu sei.

Arthur segurava a vela perto dos lábios do homem. A chama ainda queimava ereta, tão acesa quanto antes. Houve um momento de silêncio, e a chuva batia tristemente contra os vidros da janela.

– Se você não tem nada mais a dizer-me, – prosseguiu o estalajadeiro – eu acho que posso ir. Você não quer os cinco xelins de volta, quer? Aí está a cama que lhe prometi, limpa e confortável. Aí está o homem que eu disse que não lhe perturbaria, quieto em seu mundo para sempre. Se você estiver com medo de ficar sozinho com ele, isto não é problema meu. Eu mantive minha parte do combinado e pretendo ficar com o dinheiro. Eu não sou Yorkshire, meu jovem; mas já vivi o suficiente por estes lados para ter a inteligência aguçada; e não tenho que ficar me perguntando se você encontrou maneira de aguçar a sua para a próxima vez que vier nos visitar. – Com essas palavras, o estalajadeiro virou em direção à porta e riu suavemente para si mesmo, com grande satisfação por sua própria inteligência.

Por mais assustado que estivesse, depois de tudo isso, Arthur já tinha tido tempo o suficiente para recuperar-se e começar a sentir a indignação por ter sido enganado pelo prazer que o estalajadeiro sentiu ao fazê-lo.

– Não ria – ele disse sério – antes que tenha certeza de que a piada foi mesmo comigo. Você não receberá os cinco xelins em troca de nada, meu amigo. Ficarei com a cama.

– Ficará? – disse o estalajadeiro. – Então desejo-lhe uma boa noite de sono. – Com esse breve adeus, ele foi em frente e fechou a porta atrás de si.

Uma boa noite de sono! As palavras mal tinham sido faladas, a porta mal tinha sido fechada e Arthur já estava quase arrependido das palavras precipitadas que haviam acabado de sair de sua boca. Embora não fosse naturalmente sensível e não desprovido de coragem moral ou física, a presença de um homem morto causou-lhe um arrepio imediato ao perceber-se sozinho no quarto... sozinho e forçado por suas próprias palavras a ficar lá até a manhã seguinte. Um homem mais velho não ligaria para as palavras e teria agido, sem pensar nelas conforme seus sentidos sugerissem. Mas Arthur era jovem demais para tratar a zombaria, mesmo de seus inferiores, com desdém... jovem demais para não temer a humilhação momentânea de passar por cima da própria tolice, mais do que temia o julgamento por ter passado a noite inteira no mesmo quarto que um morto.

– Serão só algumas horas – pensou – e eu posso partir assim que amanhecer.

Ele ficou olhando para a cama ocupada enquanto essa ideia percorria-lhe a mente e a eminência acentuada formada nos lençóis pelos pés do homem chamou sua atenção. Ele chegou mais perto e puxou as cortininhas, desviando propositalmente o olhar do rosto do cadáver para que não ficasse nervoso devido a alguma impressão medonha que poderia ficar em sua mente. Puxou a cortina muito suavemente e suspirou involuntariamente quando finalmente fechou-a.

– Pobre coitado! – disse, quase tão triste quanto se conhecesse o homem. – Ah! Pobre coitado!

Ele chegou mais perto da janela. A noite era escura e não dava para ver nada lá fora. A chuva ainda batia com força contra o vidro. Inferiu, do barulho da chuva, que a janela dava para os fundos da casa, já que a frente era protegida do tempo pelas construções que ficavam bem próximas

Enquanto ainda estava na janela – pois até mesmo a chuva era um alivio, devido ao barulho que fazia, e um alívio, também, porque se movia e tinha uma sugestão ainda que vaga de vida e de companhia – e olhava distraidamente para a escuridão lá fora, ouviu um sino de igreja distante badalar as dez horas. Ainda dez! O que faria para passar o tempo até que a casa despertasse na manhã seguinte?

Sob quaisquer outras circunstâncias, teria ido até o bar da estalagem, pediria uma bebida e riria e conversaria com o atendente como se o conhecesse a vida inteira. Mas mesmo a ideia de passar o tempo dessa maneira era-lhe desagradável. A nova situação em que se encontrava parecia já tê-lo mudado. Até o momento, sua vida vinha sendo a vida comum, banal, prosaica e superficial de um jovem próspero, sem problemas para dominar e sem provas a enfrentar. Não havia perdido nenhum ente querido, nenhum amigo estimado. Até esta noite, sua parte da herança imortal que dividia com todos nós, encontrava-se dormente dentro dele. Até esta noite, ele e a Morte não se haviam encontrado, nem em pensamento.

Deu algumas voltas pelo quarto e então parou. O barulho que suas botas faziam no chão mal carpetado machucava seus ouvidos. Hesitou um pouco e acabou tirando as botas e andando de um lado para o outro silenciosamente. Toda a vontade de dormir havia ido embora. O mero pensamento de deitar-se na cama desocupada instantaneamente desenhou em sua mente um mimetismo terrível da posição do homem morto. Quem era ele? Qual a história do seu passado? Deve ter sido pobre, ou não teria parado em um lugar como a estalagem Os Dois Robins. E enfraquecido, provavelmente, por uma longa doença, ou não teria morrido da maneira que o estalajadeiro descrevera. Pobre, doente, sozinho... morto em um lugar estranho; morto com ninguém além de um estranho para sentir pena dele. Uma história triste; realmente, uma história muito triste.

Enquanto esses pensamentos passeavam em sua mente, parou sem sentir à janela, perto da qual ficavam os pés da cama com as cortinas fechadas. Em um primeiro momento, ficou olhando para ela distraído, então tomou consciência de que seus olhos estavam fixos nela; e então, um desejo perverso de fazer a coisa exata que tinha decidido não fazer apossou-se dele: dar uma olhada no homem morto.

Estendeu a mão em direção às cortinas; mas deteve-se no momento em que a abriria, virou-se com veemência e andou até a lareira, para ver o que ficava sobre ela e para tentar tirar o homem morto da cabeça.

Havia um tinteiro de estanho sobre a lareira, com alguns restos mofados de tinta no frasco. Havia dois enfeites grosseiros de porcelana da mais comum; e havia um suporte com cartões em alto-relevo, sujos e amassados, com enigmas lamentáveis impressos, em todas as direções e em várias tintas coloridas. Ele pegou um cartão e andou até a mesa onde estava a vela para lê-lo; sentou-se, de costas para a cama cortinada.

Leu o primeiro enigma, o segundo, o terceiro, todos em um lado do cartão; então virou-o impacientemente para ler outros. Antes que pudesse ler os enigmas impressos ali, o som do sino da igreja parou-o. Onze. Uma hora do tempo já tinha se passado, no quarto com o homem morto.

Olhou mais uma vez para o cartão. Não era fácil entender as letras impressas ali, devido a pouca luz que o estalajadeiro havia lhe deixado: uma vela de cera comum, ornada com um par de pesados apagadores de aço antiquados. Até o momento, sua mente havia estado muito ocupada para pensar na luz. Havia deixado a luz desprotegida; o pavio, em consequência, ficou mais alto que a chama e queimou assumindo uma forma curvada no topo, do qual caíam, de pouco a pouco, pequenos pedaços de algodão carbonizados. Pegou agora os abafadores e cortou a ponta do pavio. A luz aumentou imediatamente e o quarto tornou-se menos sombrio.

Novamente voltou sua atenção aos enigmas; lendo-os obstinadamente e com determinação, ora de um lado do cartão, ora de outro. Todos os seus esforços, no entanto, não conseguiam manter sua atenção nos enigmas. Passava os olhos por eles mecanicamente, sem tirar nenhum tipo de proveito do que estava lendo. Foi como se uma sombra da cama cortinada estivesse no caminho entre seus pensamentos e as letras alegremente impressas – uma sombra que nada poderia dissipar. Finalmente, desistiu da luta e jogou o cartão para longe impacientemente, e voltou a andar suavemente pelo quarto.

O homem morto, o homem morto, o homem morto *oculto* na cama! Essa era a ideia persistente que ainda o assombrava. Oculto? Era só o fato de o corpo estar lá, ou o de o corpo estar lá, escondido, que perturbava sua mente? Parou perto da janela, com a dúvida dentro de si; mais uma vez ouvindo a chuva, mais uma vez olhando para a escuridão.

Ainda o homem morto! A escuridão fez com que sua mente voltasse a si mesma e colocou sua memória para trabalhar, revivendo, com distinção dolorosamente vívida, a impressão momentânea que recebera ao ver o cadáver pela primeira vez. Antes que passasse muito tempo, o rosto pareceu estar vagando na escuridão, confrontando-o através do espelho, sua palidez ainda mais branca, um feixe de luz terrível entre as pálpebras imperfeitamente fechadas mais abertas do que antes, os lábios abertos ficando cada vez mais longe um do outro, as formas ficando mais largas e chegando mais perto, até que pareciam encher as janelas e silenciar a chuva e anular a noite.

O som de uma voz, gritando no andar de baixo, acordou-o repentinamente do sonho de sua própria imaginação doentia. Reconheceu-a como a voz do estalajadeiro.

– Feche tudo à meia-noite, Ben – ouvi-o dizer – vou deitar.

Limpou o suor que acumulara em sua testa, pensou consigo mesmo por um momento e resolveu tirar de seus pensamentos a imagem terrível que ainda o dominava, forçando-se a confrontar, nem que fosse só por um momento, a grave realidade. Sem permitir-se nenhum momento de hesitação, abriu as cortinas ao pé da cama e olhou para o homem.

Lá estava um rosto triste, tranquilo e branco, com o terrível mistério do silêncio sobre si, deitado sobre um travesseiro. Nada inesperado, nenhuma mudança aí! Olhou para o rosto somente por um instante antes de fechar as cortinas novamente, mas aquele instante acalmou-o, restaurou-o – mente e corpo.

Voltou à sua atividade anterior de andar pelo quarto; perseverante desta vez, até que o sino badalou novamente. Meia-noite.

Quando o sinal do sino sumiu, seguiu-se o barulho confuso, no andar de baixo, dos bebedores no bar, indo embora. O próximo som, depois de um intervalo de silêncio, foi causado pela batida da porta e pelo fechamento das cortinas, nos fundos da estalagem. Então estabeleceu-se o silêncio novamente, e não houve mais perturbações.

Estava sozinho agora – absoluta e declaradamente sozinho com o homem morto, até a manhã seguinte.

O pavio da vela precisou ser cortado novamente. Ele pegou os abafadores, mas parou repentinamente quando ia usá-los e olhou atento para a vela, então para trás, por sobre o ombro, para a cama cortinada, então novamente para a vela. Sua luz, pela primeira vez, mostrava-lhe o caminho para o andar de cima e três partes dela, pelo menos, já estavam apagadas. Em mais uma hora estaria queimada. Em mais uma hora, a não ser que ele chamasse logo o homem que fechara a estalagem e pedisse mais uma vela, ficaria no escuro.

Devido a sua mente ter sido terrivelmente afetada no momento em que entrou no quarto, seu pavor irracional de ser ridicularizado e de expor sua coragem a dúvidas não tinham ainda perdido sua influência sobre ele, mesmo agora. Permaneceu sentado à mesa, indeciso, esperando até que se convencesse a abrir a porta e chamar, de seu quarto, o homem que fechara a estalagem. Em seu estado atual de espírito hesitante, era quase um alívio ganhar alguns instantes exercendo a atividade de cuidar da vela. Sua mão tremia um pouco e os abafadores eram pesados e ruins de manusear. Quando os fechou no pavio, fechou-os mais abaixo do que deveria. Em um instante a vela estava apagada e o quarto mergulhado na escuridão profunda.

A única impressão que a falta de luz produziu imediatamente em sua mente, foi uma desconfiança a respeito da cama cortinada, desconfiança que não tinha a forma de nenhuma ideia específica, mas que era poderosa o suficiente em sua incerteza, que o prendeu em sua cadeira, que fez seu coração bater mais rápido e o fez escutar com atenção. Nenhum som no quarto além do som da chuva batendo contra a janela, mais alto agora do que jamais a tinha ouvido.

Ainda a vaga desconfiança, o pavor inexprimível apossava-se dele e prendia-o à cadeira. Colocou a mala sobre a mesa quando entrou no quarto e agora pegou a chave do bolso, estendeu a mão suavemente, abriu a mala e procurou por sua maleta de viagem, onde sabia que estava uma caixa pequena de fósforos. Quando pegou um dos fósforos, esperou um pouco antes de riscá-lo na madeira grossa da mesa e ouviu atentamente mais uma vez, sem saber por quê. Ainda não havia nenhum som no quarto além do barulho firme e incessante da chuva.

Acendeu a vela novamente, sem mais nenhum instante de espera e, no momento em que ela acendeu, a primeira coisa no quarto por que seus olhos procuraram foi a cama cortinada.

Um pouco antes de a luz ter sido apagada, olhara naquela direção sem notar nenhuma mudança, nenhum desarranjo de qualquer espécie nas aberturas das cortinas fechadas.

Quando olhou para a cama, agora, viu, pendurada ao lado, uma mão branca comprida.

Estava perfeitamente imóvel, pendendo na lateral da cama, onde a cortina da cabeça e a cortina dos pés se encontravam. Nada mais estava visível. As cortinas fechadas cobriam tudo, exceto a mão branca comprida.

Ficou parado olhando para ela incapaz de se mexer, incapaz de gritar; sem sentir nada, sem saber nada, quaisquer aptidões que tivesse reunidas e perdidas devido à aptidão de ver. Por quanto tempo aquele primeiro pânico apossou-se dele, não sabia dizer depois do ocorrido. Pode ter sido só por um instante, pode ter sido por vários minutos. Como ele chegou até a cama – se correu até ela impetuosamente, ou se chegou até lá vagarosamente – como conseguiu abrir as cortinas e olhar para dentro, nunca mais lembrou e nunca mais lembrará até o dia de sua morte. É suficiente que ele tenha ido até a cama e que tenha olhado para dentro das cortinas.

O homem havia se movido. Um de seus braços

estava para fora de suas roupas, seu rosto estava um pouco virado no travesseiro, suas pálpebras bem abertas. Quanto a posição, tinha mudado; quanto aos traços, por outro lado, permaneciam temida e maravilhosamente inalterados. A palidez da morte e a quietude da morte ainda estavam nele.

Uma olhada revelou isso a Arthur – uma olhada, antes que corresse sem fôlego até a porta e gritasse para toda a casa.

O homem a que o estalajadeiro havia chamado "Ben" foi o primeiro a aparecer nas escadas. Em três palavras, Arthur contou-lhe o que havia acontecido e mandou-o chamar o médico mais próximo.

Eu, que conto esta história, era então hóspede de um amigo, que praticava em Doncaster, cuidando de seus pacientes por ele durante sua ausência em Londres; e eu, naquele momento, era o médico mais próximo. Mandaram me buscar quando o estranho adoeceu aquela tarde; mas eu não estava em casa e buscaram assistência médica em outro lugar. Quando o homem da Os Dois Robins tocou a campainha, eu estava pensando em ir para a cama. Naturalmente, não acreditei em uma palavra de sua história sobre "um homem morto que voltara à vida". No entanto, coloquei meu chapéu, muni-me de uma ou duas garrafas de remédios e corri para a estalagem, esperando encontrar nada mais notável, ao chegar lá, que um paciente tendo um ataque.

Minha surpresa ao descobrir que o homem tinha falado a verdade literal foi quase, se não completamente, igualada ao meu espanto ao encontrar Arthur Holliday assim que entrei no quarto. Não era hora de dar ou procurar por explicações. Demo-nos as mãos espantados e então ordenei que todos, tirando o Arthur, saíssem do quarto e corri ao homem na cama.

Não fazia muito tempo que o fogo da cozinha havia sido apagado. Havia muita água fervente na chaleira e muitos panos para se usar. Com isso, meus remédios e com um ajudante como o Arthur sob minha orientação, arrastei o homem, literalmente, para longe das garras da morte. Em menos de uma hora desde a hora em que eu havia sido chamado, ele estava vivo e falando na cama em que havia sido deitado para esperar por um atestado de óbito.

Você naturalmente perguntará o que tinha acontecido com ele e eu posso detalhar-lhe, em resposta, uma longa teoria, plenamente recheada com o que as crianças chamariam de palavras difíceis. Eu prefiro dizer-lhe que, nesse caso, causa e efeito não poderiam ser satisfatoriamente justapostas por qualquer teoria. Há mistérios na vida e em sua condição que a ciência humana ainda não sondou; e confesso-lhe candidamente que ao trazer aquele homem de volta à vida eu estava, moralmente falando, tateando no escuro, sem direção. Eu sei (dos testemunhos do médico que o atendera naquela tarde) que o maquinário vital, na medida em que sua ação é perceptível a nossos sentidos, tinha, nesse caso, inquestionavelmente parado; e estou igualmente certo (devido ao fato de tê-lo trazido de volta) que o princípio vital não estava extinto. Quando acrescento que ele havia padecido de uma longa e complicada doença e que todo o seu sistema nervoso estava declaradamente debilitado, já lhe contei tudo o que realmente sei sobre as condições físicas de meu paciente morto-vivo da estalagem Os Dois Robins.

Quando "voltou a si", como se diz por aí, ele era um objeto assustador de se olhar, com seu rosto sem cor, suas bochechas chupadas, seus olhos pretos selvagens, seus longos cabelos pretos. A primeira pergunta que ele me fez foi sobre si mesmo, quando conseguiu falar, fez-me acreditar que tinha sido chamado para atender um colega de profissão. Disse-lhe sobre minha suposição e ele disse que eu estava certo.

Ele disse que tinha vindo de Paris, onde tinha trabalhado em um hospital. Que tinha retornado à Inglaterra, a caminho de Edimburgo, para continuar seus estudos; que havia ficado doente durante a viagem e que tinha parado para descansar e se recuperar em Doncaster. Não disse uma palavra sobre seu nome, ou quem era; e, é claro, não lhe questionei sobre o assunto. Tudo o que perguntei, quando ele parou de falar, foi que ramo da profissão ele pretendia seguir.

– Qualquer ramo – ele disse, amargamente – que coloque pão na boca de um pobre homem.

Nesse momento, Arthur, que até agora vinha observando o homem com uma curiosidade silenciosa, explodiu impetuosamente, com seu bom-humor habitual:

– Meu caro! – todo mundo era "meu caro" para Arthur – você acabou de voltar à vida, não comece sendo tão parco com suas perspectivas. Eu ajudo, posso arrumar algum capital para suas pesquisas... ou, se eu não puder, sei que meu pai pode.

O estudante de medicina olhou para ele com firmeza.

– Obrigado – ele disse friamente. E então completou – Posso perguntar quem é seu pai?

– Ele é bastante conhecido por estes lados – respondeu Arthur. – É um grande fabricante, seu nome é Holliday.

Minha mão estava sobre o punho do homem durante essa breve conversa. No momento em que o nome de Holliday foi pronunciado, senti seu pulso vibrar sob meus dedos, parar, continuar repentinamente de um salto e bater novamente, por um minuto ou dois, ao ritmo febril.

– Como você veio parar aqui? – perguntou o estranho, rápida, animada e quase calorosamente.

Arthur relatou brevemente o que havia acontecido desde a hora em que aceitou a cama na estalagem.

– Estou em dívida com o filho do Sr. Holliday então pela ajuda que salvou minha vida. – disse o estudante de medicina, falando consigo mesmo, com um sarcasmo singular em sua voz. – Venha cá!

Ele estendeu, enquanto falava, a mão direita branca e ossuda.

– Com todo prazer – disse Arthur, pegando a mão cordialmente. – Posso confessar agora – continuou, sorrindo – em detrimento de minha honra, você quase me fez perder o juízo.

O estranho não pareceu ouvir. Seus olhos pretos

selvagens estavam fixos com um olhar de profundo interesse no rosto de Arthur e seus longos dedos ossudos seguravam firme a mão de Arthur. O jovem Holliday, por sua vez, devolvia o olhar, perplexo com a língua e os modos estranhos do estudante. Os dois rostos estavam bem próximos; olhei para eles; e, para meu espanto, de repente percebi uma semelhança entre eles – não na forma ou na aparência, mas somente na expressão. Deve ter sido uma semelhança profunda, ou eu não a teria descoberto, pois sou naturalmente lento no que diz respeito a perceber semelhanças entre rostos.

– Você salvou minha vida – disse o estranho, ainda olhando fixamente para o rosto de Arthur, ainda segurando forte sua mão. – Se fosse meu próprio irmão, não poderia ter feito mais por mim.

Colocou ênfase singular nessas três palavras, "meu próprio irmão" e uma mudança se deu em seu rosto enquanto as pronunciava – uma mudança que nenhuma língua que eu falo é capaz de descrever.

– Espero que ainda não tenha cessado em ajudar-lhe – disse Arthur. – Falarei com meu pai assim que chegar em casa.

– Você parece ter muito orgulho de seu pai e muito carinho por ele – disse o estudante de medicina. – Suponho, em contrapartida, que ele tem muito orgulho de você e que lhe tem muito carinho?

– Claro! – respondeu Arthur, sorrindo. – Tem alguma coisa de estranho nisso? O seu pai não tem orgulho...

O estranho soltou a mão do jovem Holliday repentinamente e virou o rosto.

– Perdoe-me – disse Arthur. – Espero que não tenha lhe causado nenhuma dor. Espero que não tenha perdido seu pai.

– Não posso perder o que nunca tive – respondeu o estudante de medicina com uma risada dura e zombeteira.

– O que nunca teve!

O estranho pegou a mão de Arthur novamente, olhou mais uma vez fixamente em eu rosto.

– Sim – disse, repetindo a risada amarga. – Você trouxe um velho diabo de volta ao mundo, que não deveria estar aqui. Espanto-lhe? Bem! Tenho uma vontade grande de contar-lhe o que homens em minha situação mantêm em segredo: não tenho nome nem pai. A lei piedosa da sociedade me diz que sou Filho de Ninguém! Pergunte a seu pai se ele seria meu pai também e se me ajudaria a seguir minha vida com o nome da família.

Arthur olhou para mim mais confuso do que nunca. Fiz-lhe sinal que não dissesse nada e então coloquei meus dedos novamente no punho do homem. Não! Apesar do discurso extraordinário que tinha acabado de fazer, ele não estava, como eu queria suspeitar, começando a ficar zonzo. Seu pulso, nesse momento, pulsava a um ritmo calmo e lento e sua pele estava úmida e fria. Nenhum sintoma de febre ou agitação.

Percebendo que nenhum de nós falava em resposta, virou-se para mim e começou a falar da extraordinariedade de seu caso e a pedir meu conselho sobre o rumo futuro do tratamento médico ao qual ele deveria se submeter. Disse-lhe que o assunto pedia uma consideração cuidadosa e sugeri que deveria passar-lhe algumas receitas de remédios na manhã seguinte. Pediu-me que as escrevesse de uma vez porque provavelmente deixaria Doncaster pela manhã, antes que eu despertasse. Foi quase inútil falar-lhe dos perigos de tal procedimento. Ouviu-me paciente e educadamente e repetiu que se eu quisesse dar-lhe a chance de ver minhas receitas, que as escrevesse de uma vez. Ouvindo isso, Arthur ofereceu empréstimo de uma maleta de viagem, que, ele disse, tinha consigo; e, trazendo a maleta até a cama, tirou o papel de dentro dela com seu descuido usual. Com o papel, caiu sobre a cama um pequeno pacote de esparadrapo e um desenho colorido de uma paisagem.

O estudante de medicina pegou o desenho e olhou para ele. Seu olhar caiu sobre umas iniciais muito bem escritas, em monograma, no canto. Tremeu. Seu rosto pálido ficou mais branco do que nunca; seus olhos pretos viraram-se para Arthur e olharam-no sem parar.

– Um bonito desenho – disse, em um tom de voz extremamente baixo.

– Ah! E feito por uma moça tão bonita – disse Arthur. –Ah, tão bonita! Eu queria que não fosse uma paisagem... queria que fosse seu retrato!

– Você a admira muitíssimo?

Arthur, meio de brincadeira, meio a sério, beijou a mão em resposta.

– Amor à primeira vista! – disse, guardando o desenho novamente. – Mas a continuação da história não é boa. É aquela velha história. Ela é monopolizada, como de costume. Aprisionada por um noivado às pressas com um pobre homem que jamais terá dinheiro para se casar com ela. Foi sorte ter sabido a tempo, ou certamente teria arriscado uma declaração quando ela me deu o desenho. Aqui, doutor! Aqui estão caneta, tinta e papel, prontinho.

– Então ela deu-lhe o desenho? Deu-lhe. Deu-lhe – ele repetia as palavras vagarosamente para si mesmo e, de repente, fechou os olhos. Uma distorção momentânea cruzou seu rosto e vi uma de suas mãos agarrar-se às roupas de cama e apertá-las com força. Pensei que fosse adoecer novamente e implorei para que não houvesse mais conversa. Ele abriu os olhos quando falei, fixou-os mais uma vez no rosto de Arthur e disse, lenta e distintamente. – Você gosta dela e ela gosta de você. O pobre homem pode morrer e sair de seu caminho. Afinal, quem pode dizer que ela não daria a si mesma a você como deu o desenho?

Antes que o jovem Holliday pudesse responder, o estranho virou-se para mim e disse em sussurro:

– Agora escreva a receita.

Desse momento em diante, apesar de ter falado com Arthur novamente, não olhou mais para ele.

Quando terminei de escrever a receita, ele examinou-a, aprovou-a e então surpreendeu-nos os dois abruptamente desejando uma boa noite. Ofereci-me para passar a noite ali e ele fez que não com a cabeça. Arthur ofereceu-se para passar a noite ali e ele disse, brevemente, com o rosto virado para o lado oposto:

– Não.

Insisti que alguém deveria vigiá-lo. Ele assentiu

quando viu que eu estava determinado e disse que aceitaria os serviços de um atendente da estalagem.

– Obrigado, aos dois – disse, quando nos levantamos para sair. – Tenho um último pedido a fazer, não para você, doutor, pois deixo que exercite sua descrição profissional, mas para o Sr. Holliday. – Seus olhos, enquanto falava, ainda repousavam calmamente em mim, e nenhuma vez viraram-se na direção de Arthur. – Eu imploro que o Sr. Holliday não mencione a ninguém muito menos a seu pai, os fatos que ocorreram e as palavras que foram faladas neste quarto. Peço que me enterre em sua memória, como se, para ele, eu tivesse sido enterrado em meu túmulo. Não posso dizer minhas razões para fazer tal pedido. Só posso implorar que me conceda.

Sua voz falhou pela primeira vez e ele escondeu o rosto no travesseiro. Arthur, completamente surpreso, concedeu a jura. Levei o jovem Holliday comigo, imediatamente depois disso, para a casa de meu amigo; determinado a voltar à estalagem e ver o estudante de medicina novamente antes que ele fosse embora na manhã seguinte.

Voltei à estalagem às oito horas, tentando propositadamente não acordar Arthur, que dormia profundamente depois dos acontecimentos da noite em um dos sofás do meu amigo. Uma suspeita havia me ocorrido assim que eu estava sozinho em meu quarto, o que me fez decidir que Holliday e o estranho cuja vida ele tinha salvado não deveriam se encontrar novamente, se eu pudesse impedir. Já tinha me lembrado de certos escândalos e depoimentos de que sabia que relatavam a vida do pai de Arthur quando jovem. Enquanto estava pensando, em minha cama, o que tinha acontecido na estalagem – a mudança no pulso do estudante quando ouviu o nome Holliday; a semelhança de expressão que eu tinha descoberto entre o seu rosto e o de Arthur; a ênfase que ele deu nas três palavras, "meu próprio irmão", e sua incompreensível ignorância quanto a sua própria ilegitimidade – enquanto pensava nessas coisas, os depoimentos que já mencionei repentinamente apareceram em minha mente e ligaram-se rapidamente à cadeia de meus pensamentos anteriores. Algo em mim sussurrava: é melhor que esses dois jovens jamais se encontrem novamente. Senti isso antes de dormir, senti quando acordei; e quanto fui, como disse, sozinho para a estalagem na manhã seguinte.

Perdi minha única chance de ver meu paciente sem nome novamente. Ele havia ido embora há quase uma hora quando perguntei por ele.

Contei-lhe tudo o que sei com certeza, em relação ao homem que eu trouxe de volta à vida no quarto duplo da estalagem em Doncaster. O que tenho a acrescentar a seguir é objeto de inferência e dedução e não é, estritamente falando, fato certo.

Preciso falar-lhe, primeiro, que o estudante de medicina no fim das costas estava estranha e inexplicavelmente certo ao supor que Arthur Holliday casaria com a jovem que lhe dera o desenho da paisagem. O casamento aconteceu um pouco mais de um ano depois dos acontecimentos que acabei de relatar. O jovem casal veio morar na mesma vizinhança em que eu tinha escritório. Eu estava no casamento e foi uma surpresa perceber que Arthur foi singularmente reservado comigo, antes e depois do casamento, no que dizia respeito ao noivado anterior da moça. Referiu-se a ele apenas uma vez, quando estávamos sozinhos, falando-me apenas, naquela ocasião, que sua esposa agiu muito honrosa e corretamente quanto ao assunto e que o noivado havia sido rompido com total aprovação de seus pais. Nunca mais ouvi uma palavra sobre isso dele. Durante três anos ele e a esposa viveram felizes juntos. Quando acabou esse tempo, os sintomas de um doença muito séria começaram a aparecer à Sra. Arthur Holliday. Revelou-se uma doença longa, persistente e sem remédio. Eu a atendi durante a enfermidade. Havíamos sido bons amigos enquanto ela estava bem e ficamos ainda mais próximos quando ela estava doente. Tive muitas conversas longas e interessantes com ela nos intervalos em que sofreu menos. O resultado de uma dessas conversas posso relatar brevemente, deixando que tire qualquer conclusão que lhe aprouver.

A conversa a que me refiro, aconteceu logo antes de sua morte. Fui visitá-la uma noite, como de costume e encontrei-a sozinha, com um olhar deletante de que havia chorado. Disse-me apenas, no início, que estava deprimida, mas, aos poucos, ficou mais comunicativa e confessou-me que tinha lido algumas cartas velhas, enviadas antes que ela tivesse conhecido Arthur, por um homem de quem ela estava noiva. Perguntei-lhe como o noivado veio a romper-se. Respondeu-me que não havia sido rompido, mas que acabou de uma maneira muito estranha. A pessoa de quem ela estava noiva – seu primeiro amor, como ela o chamava – era muito pobre e não havia previsão imediata de seu casamento. Ele seguia a minha profissão e viajou para estudar. Correspondiam-se regularmente até o dia em que, conforme ela acreditava, ele teve que voltar para a Inglaterra. Daquele período em diante ela não teve mais notícias dele. Ele tinha um temperamento inquieto e sensível; e ela temia que pudesse ter dito ou feito, sem querer, algo que o ofendesse. De qualquer forma, ele nunca mais escreveu-lhe novamente; e, depois de esperar durante um ano, ela casou-se com Arthur. Perguntei quando o estranhamento começou e descobri que o período em que ela deixou de saber de seu primeiro amor correspondia ao período em que eu havia sido chamado para atender meu paciente misterioso na estalagem Os Dois Robins.

Quinze dias depois dessa conversa, ela morreu. Com o tempo, Arthur casou-se novamente. Nos últimos anos, viveu principalmente em Londres e o vi pouco.

Muitos anos ainda se passarão antes que eu possa chegar a qualquer tipo de conclusão sobre esta narrativa fragmentária. E mesmo a respeito dos últimos anos, o pouco que tenho a dizer não ocupará sua atenção por mais que alguns minutos. De seis a sete anos atrás, o cavalheiro a quem apresentei-lhe neste quarto veio até mim, com boas recomendações profissionais, para preencher a vaga de meu assistente. Conhecemos-nos não como estranhos, mas como amigos – a única diferença entre nós sendo a de que eu estava muito surpreso em vê-lo e ele não parecia nem um pouco surpreso em ver-me. Se fosse meu filho ou meu irmão, acredito que não teria mais carinho por mim do que tem; mas ele nunca me fez confidências, desde que veio para cá, a respeito dos anos passados. Vi algo que me era familiar em seu rosto quando nos conhecemos; e ainda assim era algo que sugeria a ideia de mudança. Eu acreditava antes que meu paciente da estalagem pudesse ser filho natural do Sr. Holliday; acreditava também que ele pudesse ser o homem que estava noivo da primeira mulher de Arthur; e tenho uma terceira ideia, ainda persistente, de que o Sr. Lorn é o único homem na Inglaterra que poderia esclarecer, se quisesse, as duas outras dúvidas. Seu cabelo não é preto, agora, e seus olhos são mais escuros que os de que me lembro, mas, mesmo assim, ele é muito parecido com o estudante de medicina sem nome de minha juventude – muito parecido! Ah, às vezes, quando chego tarde da noite e o encontro dormindo, e o acordo, ele parece, ao acordar, muito com o estranho em Doncaster, quando acordou na cama naquela noite memorável!

O médico parou. O Sr. Goodchild, que vinha ouvindo cada palavra que caía de seus lábios até o momento, inclinou-se para frente ansiosamente para fazer uma pergunta. Antes que pudesse dizer uma palavra, o trinco da porta mexeu-se, sem nenhum som de aviso de passos do lado de fora. Uma mão comprida e ossuda apareceu na porta gentilmente empurrada, que foi impedida de virar-se livre em suas dobradiças pela dobra do tapete a seu pé.

– Aquela mão! Veja aquela mão, doutor! – disse o Sr. Goodchild, tocando-o.

Neste momento, o médico olhou para o Sr. Goodchild e sussurrou-lhe significativamente:

– Silêncio! Ele voltou.

Capítulo III

A menção do médico de Cumberland às Corridas de Doncaster inspiraram o Sr. Francis Goodchild com a ideia de ir a Doncaster ver as corridas. Sendo Doncaster bastante longe, e muito fora do caminho dos Aprendizes Vadios (se é que algo pudesse estar fora de seu caminho, já que não tinha um caminho), seguiu-se necessariamente que Francis descobriu que Doncaster, na Semana de Corridas, era, de todas as vadiagens possíveis, a vadiagem particular que o satisfaria completamente.

Thomas, com uma vadiagem forçada enxertada na força natural e voluntária de sua disposição, não tinha a mesma ideia; dizendo que um homem forçado a deitar-se em um chão, um sofá, uma mesa, uma fila de cadeiras ou qualquer coisa que pudesse deitar, não estava em condição de assistir a corridas e que ele desejava nada mais que ficar deitado onde estava, alegrando-se de olhar as moscas no teto. Mas Francis Goodchild, que andava em torno de seu companheiro em um raio de três quilômetros há dois dias, e começava a duvidar de que lhe era reservado nessa vida ser vadio, não apenas negou-lhe a objeção, mas inseriu-o em um esquema (outra inspiração vadia) de levá-lo para a costa e colocar a perna machucava sob uma corrente de água salgada.

Mergulhando na ideia feliz que se seguia, o Sr. Goodchild imediatamente abriu o mapa do condado e descobriu que o pedaço mais delicioso da costa estava nos limites da Inglaterra, da Irlanda, da Escócia, de Gales, da Ilha de Man e das Ilhas do Canal, todos somados, formando Allonby, na costa de Cumberland. Havia a costa da Escócia à frente de Allonby, disse o Sr. Goodchild com entusiasmo, havia uma bela montanha escocesa naquela costa escocesa; havia luzes escocesas que eram vistas brilhando sobre o glorioso canal e na própria Allonby havia todo luxo vadio (sem dúvida) que um balneário poderia oferecer ao coração do vadio. Além do mais, disse o Sr. Goodchild, com o dedo no mapa, a este requintado refúgio chegava um ônibus, vindo de uma estação chama Aspatria – um nome que sugeria as antigas glórias da Grécia, associadas a uma das mais famosas mulheres gregas. Nesse momento, o Sr. Goodchild continuou, de tempos em tempos, a respirar uma veia de fantasia clássica e eloquência excedentemente penosa para o Sr. Idle, até que pareceu que a pronúncia inglesa daquele condado de Cumberland abreviava Aspatria para "Spatter". Depois dessa descoberta complementar, o Sr. Goodchild não disse mais nenhuma palavra.

A caminho de Spatter, o vadio aleijado foi carregado, içado, empurrado, cutucado e embalado, para dentro e para fora de carruagens, para deitar-se e levantar-se de camas, para dentro e para fora de tavernas, até que foi levado a uma distância em que se conseguia cheirar o mar. E agora, eis que os aprendizes cavalgavam galantemente até Allonby, em uma charrete de um cavalo, tentados a ficar naquele vale marinho tranquilo até que a turbulência em Doncaster passasse.

– Você está vendo Allonby? – perguntou Thomas Idle.

– Ainda não a vejo – disse Francis, olhando pela janela.

– Deve estar por aí – disse Thomas Idle.

– Não a vejo – respondeu Francis.

– Deve estar por aí – Thomas Idle repetiu, aflito.

– Deus me ajude! – exclamou Francis, deitando a cabeça – Acho que chegamos!

– Um balneário... – retorquiu Thomas Idle, com a amargura perdoável de um inválido – não deve ser mais que cinco cavalheiros com chapéus de palha, como manda o figurino, de um lado de uma porta e quatro senhoras usando chapéus, como manda o figurino, do outro lado da porta e três gansos em um riacho sujo a sua frente e as pernas de um menino pendendo de uma ponte (com o corpo do menino, eu suponho, do outro lado do parapeito) e um burro correndo para longe. Do que você está falando?

– Allonby, cavalheiros – disse a mais confortável das senhorias quando abriu uma porta da carruagem.

– Allonby, cavalheiros – disse o mais atencioso dos senhorios, quando abriu a outra porta.

Thomas Idle estendeu o braço a Goodchild e desceu do veículo. Thomas, que agora era capaz de sozinho mancar pelo caminho com a ajuda de duas bengalas, não era uma má incorporação de Comodoro Trunnion, ou um daqueles muitos almirantes galantes, que têm enormes fortunas, gota, bengalas grossas, temperamento difícil, tutelados e sobrinhos. Com essa distinta aparência naval, Thomas fez progresso em uma escadaria e entrou em um cômodo limpo onde lentamente sentou-se no sofá, com uma bengala em cada mão, parecendo extremamente desgostoso.

– Francis, – disse o Sr. Thomas Idle – o que acha deste lugar?

– Acho – respondeu o Sr. Goodchild, radiante – que é tudo o que esperávamos.

– Ah! – disse Thomas Idle.

– Lá está o mar – gritou o Sr. Goodchild, apontando para a janela – e aqui – apontando para o almoço na mesa – estão camarões. Vamos... – neste momento o Sr. Goodchild olhou pela janela, como se procurasse por algo, e olhou para a mesa novamente – comê-los.

Camarões comidos e jantar pedido, o Sr. Goodchild saiu para conhecer o balneário. Como o coro de uma peça, sem o qual Thomas não conseguiria descrever o local, retornou com a seguinte impressão:

Em resumo, era o lugar mais agradável jamais visto.

– Mas – Thomas perguntou – onde isso?

– É o que se poderia chamar de aqui e ali, na praia, por aí – disse o Sr. Goodchild, gesticulando.

– Continue – disse Thomas Idle.

Estava, o Sr. Goodchild continuou dizendo, sob interrogatório, o que se pode chamar de lugar primitivo. Grande? Não, não era grande. Quem esperaria que fosse grande? Formato? Que tipo de pergunta é essa? Forma nenhuma. Que tipo de rua? Ora, nenhuma rua. Lojas? Sim, é claro (bastante indignado). Quantas? Quem é que vai para um lugar para contar as lojas? Muitas. Seis? Talvez. Biblioteca? Ora, é claro (indignado novamente). Boa coleção de livros? É provável, não poderia dizer, não vi nada dentro dela a não ser um par de escadas. Alguma sala de leitura? É claro, havia uma sala de leitura. Onde? Onde! Ora, ali. Onde era ali? Ora, ali. O Sr. Idle devia deitar os olhos naquele chão devastado acima da marca-dágua, onde a grama estava morta e as pedras soltas e veria uma longa ruína de tijolos ao lado de uma casa de tijolos em ruínas, casa esta que tinha uma escada do lado de fora, para se subir. Lá era a sala de leitura e se o Sr. Idle não gostasse da ideia de um tecelão sob uma sala de leitura, era isso o que tinha lá. Ele não deveria ditar, Sr. Goodchild observou (indignado novamente), à companhia.

– Ora, ora – Thomas Idle observou – a companhia?

Bem! (O Sr. Goodchild continuou o relato). Muito boa companhia. Onde estavam? Ora, estavam lá. O Sr. Idle conseguia ver os topos de seus chapéus, ele achava. O quê? Aqueles nove chapéus de palha novamente? Cinco cavalheiros e quatro senhoras? Sim, certamente. O Sr. Goodchild esperava que a companhia não usasse capacetes para agradar o Sr. Idle.

Começando a recuperar o humor a esse ponto, o Sr. Goodchild voluntariamente relatou que caso quisessem ser primitivos, poderiam sê-lo aqui e caso quisessem ser vadios, poderiam sê-lo aqui. Em alguns dias, completou, havia três barcos de pesca, mas nenhum equipamento, e que havia muitos pescadores que nunca haviam pescado. Que tiravam seu sustendo somente de olhar para o oceano. O alimento que tinham para sustentar sua força, não sabia dizer, mas supunha que fosse algum tipo de iodo. O lugar era cheio de crianças, que estavam sempre de ponta-cabeça, nas construções públicas (duas pequenas pontes sobre o riacho) e sempre se machucando ou machucando umas às outras, de modo que seus gemidos produziam mais barulho contínuo no ar do que poderia haver em um lugar lotado. As casas em que as pessoas moravam, não eram em nenhum lugar em especial e estavam de acordo com a praia, mais ou menos rachadas e danificadas como as conchas eram, e todas vazias – como as conchas eram. Entre elas havia uma construção de aparência pobre, com um sem-número de janelas que pareciam olhos, olhando desesperadamente para a Escócia como se pedisse ajuda, que dizia ser um bazar (e deveria saber o que é) e onde se pode comprar tudo o que quiser – supondo que se queira um pouco de fezes e um carrinho de mão infantil. O riacho rastejava ou parava entre as casas e o mar e o burro estava sempre correndo; e quando chegou ao riacho, foi bombardeado com pedras, que nunca o acertavam e que sempre acertavam alguma das crianças que estavam de ponta-cabeça nas construções públicas e aumentavam o volume de suas lamentações. Esse burro era a alegria pública de Allonby e era provavelmente sustentado às custas do povo.

As descrições seguintes, apresentadas em itens separados, em dias separados de descobertas aventureiras, o Sr. Goodchild solidariamente juntou-as olhando pela janela e olhando para dentro novamente dizendo:

– Mas lá está o mar, e aqui estão os camarões. Vamos comê-los.

Havia lindos ocasos em Allonby quando a praia baixa, com suas poças de água e suas áreas secas, transformava-se em longas faixas de prateado e dourado em vários estados de polimento e havia belas vistas – em dias bons – da costa da Escócia. Mas, quando chovia em Allonby, Allonby voltava a seu estado esfarrapado, tornava-se o tipo de lugar que o burro parecia ter descoberto do qual parecia ter motivos sagazes para querer fugir. Thomas Idle observou também que o Sr Goodchild, com uma mostra nobre de desinteresse, ficava a cada dia mais disposto a andar até Maryport, ida e volta, para buscar cartas; e uma suspeita começou a aparecer nos pensamento de Thomas, de que seu amigo o havia enganado e que Maryport era um lugar melhor.

Então Thomas disse a Francis em um dia em que eles haviam olhado para o oceano e comido camarões:

– Meus pensamentos me dizem, Goodchild, que você vai até Maryport, como o menino da história, para pedir-*lhe* que seja ociosa com você.

– Julgue, então, – respondeu Francis, adotando o estilo da história – o que acontece. Eu vou até uma região que é como Bristol à beira-mar, com uma fatia de Wapping, um tempero de Wolverhampton e uma guarnição de Portsmouth e digo: "*Você* pode vir e ser ociosa comigo?" E ela responde: "Não; pois estou muito vaporosa, e um pouco enferrujada demais, e um pouco lamacenta demais e um pouco suja demais; e tenho navios a carregar, e piche e alcatrão a ferver, e ferro a forjar, e vapor a soltar, e pedra a quebrar e cinquenta outras coisas desagradáveis para fazer e não posso ser ociosa com você". Então vou até as ruas dos morros, onde chego à loja do confeiteiro em um momento e no próximo à fortaleza selvagem de pântano e lamaçal, além dos confins da civilização e digo a essas ruas escuras e empoeiradas: "*Vocês* podem vir e ser ociosas comigo? A que respondem: "Não, não podemos de fato, pois não temos vontade e ficamos atordoadas com o eco de seus pés no pavimento, e temos tantos bens em nossas vitrines de lojas que ninguém quer, e temos tanto a fazer para um público limitado que nunca vem até nós que estamos completamente sem recursos e não podemos nos divertir com ninguém". Então vou até o correio e bato na janela e digo ao homem que trabalha lá: "*Você* quer vir e ser vadio comigo?" A que ele responde: "Não, eu realmente não posso, pois vivo, como você pode ver, em um correio tão pequenino, e passo a vida atrás de uma janela tão pequenina, que minha mão, quando a estendo, é como a mão de um gigante abarrotado atrás da janela da casa de um ano em uma feira, e sou um mero anacoreta do correio em uma cela pequena demais, e não posso sair, e não posso entrar, e não tenho nenhum espaço para ser vadio, mesmo se quisesse." Então o menino – disse o Sr. Goodchild, concluindo a fábula – finalmente volta com as cartas e nunca mais viveu feliz.

Mas pode-se, não injustificadamente, perguntar – enquanto Francis Goodchild andava para lá e para cá, enchendo seus pensamentos de observações perpétuas de homem e coisas e sinceramente acreditando ser a criatura mais preguiçosa que já existiu – o que Thomas Idle, aleijado e preso em uma casa, fazia para passar as horas do dia?

Jogado no sofá, Thomas não fazia esforço para passar as horas, mas permitia passivamente que as horas passem por *ele*. Outros homens em seu lugar teriam lido livros e aperfeiçoado suas mentes; Thomas dormia e descansava o corpo. Outros homens teriam pensado ansiosamente em seus afazeres futuros; Thomas sonhava preguiçosamente com sua vida passada. A única coisa que ele fez, que a maioria das pessoas faria em seu lugar, foi resolver fazer algumas alterações e melhorias em seu jeito de existir, assim que os efeitos do infortúnio que se tinha abatido sobre ele passasse. Lembrando que o presente de sua vida tinha, até esse momento, escorrido por um fluxo calmo de preguiça, ocasionalmente perturbado na superfície por uma ondulação leve e passageira, suas ideias atuais sobre o assunto da autorreforma, levou-o, não como o leitor pode querer imaginar, a projetar esquemas para uma nova existência de empresa e esforço, mas, ao contrário, a decidir que jamais, se pudesse impedir, seria ativo ou esforçado novamente, durante toda a sua futura carreira.

É tarefa do Sr. Idle perceber que sua mente chegou a essa conclusão peculiar partindo de uma base distinta e logicamente produtiva. Depois de revisar, muito calmamente, e com muitos intervalos necessários para repouso, o espetáculo quase sempre plácido de sua existência passada, chegou à conclusão de que todos os grandes desastres que tentaram sua paciência e sua equanimidade no início de sua vida tinham sido causados por ter se deixado ser iludido a imitar algum exemplo pernicioso de atividade e esforço que lhe fora imposto por outros.

Os desastres a que alude aqui são em número de três e podem ser reunidos assim: primeiro, o desastre de ser impopular e renegado na escola; segundo, o desastre de ficar seriamente doente; terceiro, o desastre de tornar-se familiarizado com um grande tédio.

O primeiro desastre aconteceu depois de Thomas ter sido um menino vadio e popular na escola, por alguns felizes anos. Em um Natal, foi estimulado pelo péssimo exemplo de um companheiro, de quem havia sempre gostado, a ser contrário a si mesmo e tentar ganhar o prêmio das avaliações semestrais. Ele tentou e ganhou o prêmio – como, ele não sabia exatamente no momento e não conseguia lembrar agora. Não foi antes, no entanto, de o livro *Dicas morais para os jovens quanto ao valor do tempo* ter sido posto em suas mãos, que os primeiros problemas de sua vida se iniciaram. Os meninos vadios deserdaram-no, como um traidor da causa. Os meninos dedicados evitavam-no, como um intruso perigoso. Um destes, que sempre ganhava o prêmio nos anos anteriores, expressou explicável ressentimento para com a invasão de seus privilégios chamando Thomas para o parquinho e então dando a primeira surra que Thomas levou na vida. Impopular desde aquele momento, como um menino surrado, que não pertencia a lado algum e rejeitado pelos dois grupos, o jovem Idle logo perdeu a importância que tinha para os mestres, tendo já perdido a importância para os colegas. Ele tinha perdido a reputação confortável de ser o único membro preguiçoso da comunidade jovem a que seria inútil castigar. Nunca mais ouviu o diretor dizer, em tom de reprovação, a um menino dedicado que tivesse cometido uma falha "Eu poderia esperar isso de Thomas Idle, mas de você, senhor, é imperdoável". Nunca mais, depois de ter ganhado o prêmio fatal, escapou da instituição punitiva, ou da bétua vingadora. Daquele dia em diante, os professores fizeram-no estudar e o meninos não o deixavam brincar. Daquele dia em diante sua posição social declinou seriamente e sua vida na escola tornou-se um fardo perpétuo.

Então, novamente, o segundo desastre. Enquanto Thomas foi preguiçoso, era um exemplo de saúde. Sua primeira tentativa de esforço ativo e seu primeiro padecimento por doença grave estão ligados pelas relações íntimas de causa e efeito. Logo depois de sair da escola, ele acompanhou um grupo de amigos a um campo de críquete, em sua condição natural e apropriada de espectador e só. No campo descobriu-se que os jogadores estavam com um a menos e Thomas foi facilmente persuadido a completar os times. Em determinado momento, foi despertado de um sono tranquilo em uma vala seca e colocado diante de três *wickets* com um taco nas mãos. À sua frente, atrás de outros três *wickets*, estava um de seus amigos do peito, cumprindo a função (conforme lhe informaram) de lançador. Palavras não podem descrever o horror e a surpresa do Sr. Idle quando viu que o jovem – em ocasiões normais, o mais manso e calmo dos seres humanos – repentinamente franziu o cenho, comprimiu os lábios, assumiu os aspectos de um selvagem furioso, correu para trás alguns passos e então para frente e, sem a menor provocação prévia, jogou uma bola detestavelmente dura com toda a sua força nas pernas de Thomas. Estimulado à atividade sobrenatural do corpo e na precisão dos olhos pelo instinto de autopreservação, o Sr. Idle tentou, saltando habilmente para o lado no momento certo e usando seu taco (ridiculamente estreito, pois não tinha este propósito) como um escudo, para preservar sua vida e seus membros do ataque covarde que ambos haviam sofrido, fazendo com que a força total do míssil mortal batesse no *wicket* e não em sua perna e encerrando seu período de atividade, no que lhe dizia respeito, sendo imediatamente eliminado do jogo. Feliz por ter conseguido fugir, ele estava pronto para voltar à vala seca quando foi peremptoriamente impedido e falaram-lhe que o outro lado estava "entrando" e que esperavam que ele a agarrasse. Sua concepção da arte de "agarrar" pode ser resumida em três palavras de conselho sério que ele mesmo deu-se naquela ocasião – evite a bola. Fortalecido por seu princípio seguro e útil, seguiu seu rumo, imune tanto ao ridículo quanto ao abuso. Sempre que a bola chegava perto, pensava em suas pernas e saia do caminho imediatamente. "Pegue!" "Pare!" "Agarre!" foram os gritos que passaram por ele como o vento vadio para os quais não dava importância. Abaixou-se, pulou e esquivou-se para os dois lados. Nem uma vez, em todas as jogadas, ele e a bola encontraram-se ou aproximaram-se em qualquer intimidade. A atividade corporal anormal necessária para a obtenção desse resultado fez Thomas Idle, pela primeira vez na vida, transpirar. A transpiração, em consequência da falta de prática na manutenção daquele resultado de atividade corporal em especial foi, de repente, constatada; o calafrio inevitável seguiu-se e, assim, consecutivamente, foi seguido de uma febre. Pela primeira vez desde que tinha nascido, o Sr Idle viu-se confinado à cama por muitas semanas, exausto devido a uma longa doença, da qual seu próprio esforço muscular desastroso tinha sido a causa.

A terceira ocasião em que Thomas encontrou motivos para reprovar-se amargamente pelo erro de tentar ser ativo estava ligada a sua escolha de um dom na vida. Não tendo interesse nenhum na Igreja, ele escolheu, apropriadamente, a melhor profissão para um homem preguiçoso na Inglaterra – a advocacia. Apesar de os magistrados terem abandonado seus velhos bons princípios e agora obrigarem os alunos a estudar, no tempo do Sr. Idle essa mudança não havia ocorrido. Jovens que aspiravam ao honroso título de advogado não eram, muito apropriadamente, exigidos a saber nada das leis, mas meramente a comer um certo número de jantares na mesa das organizações e pagar uma certa quantia que eram chamados para a Ordem assim que provassem que tinham cumprido suficientemente essas regulamentações extremamente sensíveis. Thomas nunca agiu mais harmoniosamente em conjunto com seus mestres do que quando estava qualificando-se para ser admitido entre os ordeiros de seu país. Nunca sentiu mais profundamente o que era realmente a preguiça em toda a majestade de sua natureza do que no dia memorável em que foi chamado à Ordem, depois de ter cuidadosamente se abstido de abrir seus livros de direito durante o período de aprendizado, a não ser para dormir em cima deles. Como ele poderia ter novamente se tornado ativo, mesmo que por um curto período, depois da grande recompensa conferida à sua vadiagem, foge a sua compreensão. Os gentis magistrados faziam tudo o que podiam para mostrar-lhe a loucura em exceder-se. Faziam os exercícios para ele e nunca esperavam que se desse ao trabalho de lê-los quando estavam prontos. Convidaram-no, com sete outros espíritos tão preguiçosos quanto ele, a fazer parte da Ordem, enquanto estavam sentados comendo frutas e bebendo vinho depois do jantar. Colocaram os juramentos de fidelidade e a negação ao Papa e ao aspirante tão gentilmente em sua boca, que ele mal sabia como elas tinham chegado lá. Empurraram suas cadeiras tão suavemente em volta da mesa e ficaram olhando para os jovens advogados, e então para suas garrafas, em vez de levantarem-se ou juntarem-se para ouvir os exercícios sendo respondidos. E quando o Sr. Idle e os outros sete neófitos ociosos, todos em ordem, como uma turma de escola, começaram a ler, revezando-se, os exercícios que não tinham resolvido, mesmo assim, cada magistrado, fiéis ao grande princípio preguiçoso de todo o processo, parou cada neófito antes que tivesse terminado a primeira linha e reverenciou-o e disse-lhe educadamente de que daquele momento em diante ele era um advogado. Essa foi toda a cerimônia. Foi seguida por uma ceia social e pela apresentação, de acordo com o costume antigo, de meio quilo de doces e uma garrafa de Madeira, oferecida como refresco necessário, por cada neófito agraciado para cada magistrado agraciador. Pode parecer inconcebível que Thomas algum dia esqueceria o princípio do não fazer incutido por uma cerimônia como essa; também é, no entanto, verdade que certos estudantes de hábitos laboriosos encontraram-no, aproveitaram-se de seu humor fácil, persuadiram-no a pensar que era desonroso ser um advogado e não saber nada sobre a lei e atraíram-no, pela força de seu mau exemplo, a entrar em uma biblioteca e recuperar o tempo perdido, qualificando-se para a prática da advocacia. Depois de quinze dias de autoilusão, ele abriu os olhos; voltou a sua personalidade habitual e fechou os livros. Mas a retribuição que até então seguiu seus pequenos erros de atividade ainda o seguiam. Ele conseguiu ir para longe da biblioteca, mas não conseguiu ir para longe de um dos alunos, que tinha gostado dele – um aluno alto, sério, magrelo e dedicado, com ideias sobre sua própria reforma das leis de propriedade, que vinha sendo o flagelo da existência do Sr. Idle desde o dia fatal em que ele cometeu o erro de tentar estudar a lei. Antes daquele tempo seus amigos eram todos vadios sociáveis, como ele. Desde então, o fardo de suportar um jovem dedicado tornou-se parte de sua vida. Aonde quer que vá, nunca pode ter a certeza de que o aluno não está esperando carinhosamente por ele depois daquela esquina, para contar-lhe um pouco mais sobre a lei da propriedade. Por mais que sofresse com a imposição, nunca poderá reclamar, pois deve sempre lembrar-se, com arrependimento inútil, de que tem seus próprios esforços impensados a agradecer por ter-se exposto a tamanha calamidade social de conhecer um chato.

Esses eventos de sua vida passada, com os resultados significativos que trouxeram consigo, sempre passam sonolentos pela memória de Thomas Idle, quando ele está sozinho deitado no sofá em Allonby ou qualquer outro lugar, sonhando enquanto seu companheiro aprendiz passa o tempo tão ativamente lá fora. Lembrando-se das lições de preguiça que seus desastres passados ensinaram e suportando em sua mente o fato de estar aleijado de uma perna porque se esforçou para subir uma montanha, quando deveria saber que essa conduta deveria ter sido repreendida ao pé dela, mantém agora, e certamente manterá firmemente no futuro próximo, como sua resolução nunca ser ativo novamente, sob quaisquer circunstâncias, pelo resto de sua vida. Os resultados físicos de seu acidente foram relatados no capítulo anterior. Os resultados morais estão agora registrados; e, com sua enumeração, parte da presente narrativa que é ocupada pelo Episódio do tornozelo torcido pode talvez agora ser considerada, sob todos os aspectos, terminada e completa.

– Como você supõe que passaremos esta tarde e

esta noite? – perguntou Thomas Idle, depois de duas ou três horas que passou pensando em Allonby

O Sr. Goodchild hesitou, olhou pela janela, olhou para dentro de novo e disse, como havia dito tantas vezes antes:

– Lá está o mar e aqui estão os camarões; vamos comê-los!

Mas o burro sábio estava, naquele momento, fugindo: não com a irredutibilidade de seus esforços anteriores que pecavam em força de caráter, mas com o vigor real do objetivo: sacudindo a poeira de sua juba e de suas patas posteriores em Allonby e correndo para longe dela como se tivesse nobremente decidido que não seria apanhado com vida. Assistindo a esse espetáculo inspirador, visível de seu sofá, Thomas Idle esticou o pescoço e comentou a cena, encantado:

– Francis Goodchild – ele disse, virando-se para seu companheiro com um ar solene, – esta é uma estalagem adorável, excelentemente mantida pela mais confortável das senhorias e pelo mais atencioso senhorio, mas... o burro está certo!

As palavras "Lá está o mar e aqui estão os..." tremeram novamente nos lábios de Goodchild, desacompanhadas, no entanto, de qualquer som.

– Vamos logo juntar nossas coisas – disse Thomas

Idle, – pagar a conta e pedir um veículo, com instruções para o motorista seguir o burro!

O Sr. Goodchild, que só esperava por um incentivo para demonstrar o estado real de seus sentimentos e que vinha escondendo seu segredo, agora começou a chorar e confessou que havia pensado que mais um dia naquele lugar seria seu fim.

Então, os dois aprendizes vadios seguiram o burro até a noite muito avançada. Se ele foi capturado pela Câmara Municipal ou está agora correndo pelo Reino Unido, eles não sabem. Esperavam que pudesse ainda estar correndo; se sim, desejam-lhe o melhor.

Passou pela cabeça do Sr. Idle, nos arredores de Cumberland, que não poderia haver lugar mais vadio para se ficar, tirando, por pouco, uma estação ferroviária. "Uma estação intermediária em uma linha, uma junção, algo assim", Thomas sugeriu. O Sr. Goodchild aprovou a ideia, considerando-a excêntrica, e eles seguiram em frente, até que chegaram a uma estação onde havia uma estalagem.

– Aqui – disse Thomas – podemos ser luxuosamente preguiçosos; outras pessoas viajarão por nós, por assim dizer, e riremos de sua insensatez.

Era uma estação que ficava em um entroncamento, onde as lâminas de madeira mencionadas anteriormente cortavam o ar muitas vezes e onde a campainha do telégrafo estava em um estado deplorável. Todos os tipos de linhas cruzadas entravam nela ziguezagueando como uma congregação de víboras de metal; e, um pouco distante dela, um encarregado em uma cabine sinalizadora parecia constantemente empurrava uma quantidade imensa de cerveja para um bar de estalagem. Em uma direção, paisagens confusas e barragens e arcos eram vistos da plataforma; na outra direção, os trilhos logo se desembaraçavam em duas linhas e seguiam por sobre uma ponte e curvavam-se depois de uma esquina. Havia tapumes onde vagões de bagagem vazios e caixas de gado empurravam-se como se não conseguissem se acertar; e havia armazéns onde grandes quantidades de mercadorias pareciam ter tomado seus véus (da consistência da lona) e se retirado do mundo sem qualquer esperança de retornar a ele. Há vagões-restaurante; um, para as locomotivas de ferro famintas e sedentas onde seus coques e águas estavam prontos, e era de boa qualidade, pois era perigoso brincar com elas; o outro, para as locomotivas humanas famintas e sedentas, que tomariam o que tivesse.

Instalados nessa estação, Sr Thomas Idle e Sr. Francis Goodchild decidiram aproveitá-la. Mas seus contrastes foram violentos, houve também uma infecção.

Primeiro, quanto aos contrastes. Eles eram apenas dois, mas era a Letargia e a Loucura. A estação era ou completamente calma ou totalmente alucinada. Durante o dia, em seu estado de calma, parecia que nenhuma forma de vida chegaria ali – como se fosse só ferrugem, poeira e cinzas –, como se o último trem do mundo tivesse ido sem emitir nenhum bilhete de volta; como se o último motor tivesse dado seu último grito e morrido. Uma cortada estranha no ar por uma das lâminas de madeira e tudo mudava. Portas se abriam, painéis funcionavam, livros, jornais, chapéus de viagem e embalagens pareciam sair das paredes, o dinheiro tilintava, carrinhos oprimidos pelo excesso de bagagem vinham correndo pelo pátio, porteiros surgiam de lugares secretos, o mesmo acontecia com as mulheres, o sino brilhoso, que vivia em uma bandejinha sozinho, voava em uma mão de homem e clamava violentamente. O encarregado no alto da cabine sinalizadora parecia empurrar, com alguma dificuldade, barris de cerveja. Trem abaixo! Mais cerveja! Trem acima! Mais cerveja! Trem na encruzilhada! Mais cerveja! Trem de gado! Mais cerveja. Trem de mercadorias! Vaporando, assoviando, tremendo, trovejando. Trens em todos os tipos de confusão nas intersecções de trilhos, cruzando-se, quase se batendo, assoviando um para o outro, parando para seguir em frente, rompendo a distância para chegar mais perto. Pessoas em frenesi. Exilados buscando restabelecer-se em seus vagões de origem, e banidos a climas mais remotos. Mais cerveja e mais sino. Então, em um minuto, a estação voltava ao estupor quando o foguista do trem de gado, o último a zarpar, saiu sacolejando, limpando o nariz longo de sua lata de óleo com um lenço de bolso.

À noite, em seu estado de calmaria, a estação não era notável. Algo no ar, como se fosse a casa de um químico em um dos galhos do pé de feijão de João, era tudo o que se podia discernir dela sob as estrelas. Em um instante, explodiria, uma constelação de gás. Em mais um instante, vinte químicos rivais, em vinte galhos rivais, viriam a existir. Então, as fúrias seriam vistas, agitando suas tochas sinistras para cima e para baixo, iluminando as barragens e os arcos – seriam ouvidas, também, gemendo e gritando. Então a estação ficaria cheia de trens palpitantes, como durante o dia; com a diferença de que não eram vistos tão claramente como durante o dia, quando as paredes da estação, começando a aparecer, como os olhos de um hipopótamo, fascinavam as locomotivas humanas com as garrafas de molho, a música ruim, os leitos, a faixa distorcida de construções onde os cofres são feitos, o cavalheiro na chuva com o guarda-chuva registrado, a senhora voltando do baile com o respirador registrado e todos os outros enfeites. E agora, as locomotivas humanas teriam os semblantes amassados e os olhos míopes; enquanto as locomotivas de ferro, vazando água e fogo, emitiam seus vapores abundantemente, com os bois entediados em suas gaiolas, com as cabeças baixas e espuma saindo de suas bocas enquanto seus olhos vermelhos olhavam temidamente os terrores aos arredores. Através do mesmo vapor, poderiam ver seus companheiros viajantes, as ovelhas, com seus rostos de crianças juntinhos, longe das grades, e preenchendo interstícios com lã trêmula. Também, lá embaixo entre as rodas, estava o homem com a marreta, trocando os eixos do trem da noite, que os bois pensam ser o mesmo homem com o machado que virá, então o mais próximo dele tenta vingar-se dando-lhe um coice através da grade. De repente, o sino tocaria, o vapor pararia com um assovio e um grito, os químicos nos galhos estariam ocupados, as fúrias vingadoras cansariam, o trem da noite derreteria, os outros trens seguindo seus caminhos mais vagarosamente seriam ouvidos ao longe chacoalhando à distância como relógios antigos parando, as garrafas de molho e a música barata retirados do ambiente e mesmo o leito iria para a cama, e não haveria nada visível na estação para importunar o vento frio em seu soprar, ou talvez a luz do outono, quando descobrisse os trilhos de ferro.

A infecção da estação foi a seguinte: quando estava em seu estado de loucura, os aprendizes achavam impossível ficar lá, sem sentir que de alguma forma também estavam com pressa. Para o Sr. Goodchild, que tinha ideias tão imperfeitas da vadiagem, essa não era uma alucinação desagradável, então o cavalheiro lutou muito para não se render a ela, correndo para cima e para baixo na plataforma, empurrando todo mundo, sob a impressão de que estava numa missão muitíssimo importante em algum lugar e não tinha nem um minuto a perder. Mas, para Thomas Idle, esse contágio era um incidente tão completamente inaceitável, que ele chegou ao limite no quarto dia e pediu para sair dali.

– Este lugar me enche de uma sensação terrível – disse Thomas – de que tenho algo a fazer. Tire-me daqui, Francis.

– Para onde você quer ir agora? – foi a pergunta do sempre disposto Goodchild.

– Ouvi que há uma boa estalagem em Lancaster,

em uma bela casa antiga: uma estalagem onde servem bolo de casamento todos os dias depois do jantar – disse Thomas Idle. – Vamos comer bolo de casamento sem o tormento de nos casarmos, ou de conhecer alguém nesse dilema ridículo.

O Sr. Goodchild, com um suspiro de amante, concordou. Partiram da estação com uma pressa violenta (para a qual, é desnecessário dizer, não havia nenhuma necessidade) e foram entregues na bela casa antiga em Lancaster na mesma noite.

É a opinião do Sr. Goodchild que, um visitante ao chegar a Lancaster poderia ser acomodado com uma vara que levaria o outro lado da rua alguns metros mais para longe, seria bom para todo o mundo. Protestando contra ter de viver em uma vala e obrigado a especular o dia todo sobre o que as pessoas poderiam estar fazendo na janela misteriosa da frente, que é uma vitrine para se olhar, mas não uma vitrine de loja já que não oferecia nada para se comprar e negava-se a aparecer o mínimo, o Sr. Goodchild admite que Lancaster seja um lugar agradável. Um lugar largado no meio de uma paisagem charmosa, um lugar com um belo fragmento de castelo antigo, um lugar para caminhadas adoráveis, um lugar com casas antigas ricamente mobiliadas em mogno antigo de Honduras, que ficou tão escuro com o tempo que parece ter algo autorreflexível e mostrar ao visitante, nas profundezas de seus porões, a cor dos escravos miseráveis que gemeram há muito tempo sob os mercadores de Lancaster. E o Sr. Goodchild completa que as pedras de Lancaster às vezes sussurram, ainda hoje, a morte de velhos homens – sobre cuja grande prosperidade algumas dessas entradas antigas franziam o cenho – que seus ganhos em cima de escravos viraram maldições, como o dinheiro do Mago Árabe, que virou folhas e que nunca trouxe nada de bom, mesmo para a terceira e a quarta gerações, até que se acabou.

Era uma visão nobre de se ver, a procissão de domingo dos idosos de Lancaster até a igreja – todos de preto e com aparências terríveis como um funeral sem um corpo – sob a escolta de três coroinhas.

– Imagine – disse Francis, parado na janela da estalagem, admirando – ser levado para o edifício sagrado por três coroinhas. Nos meus velhos tempos, fui levado por um coroinha; mas ser levado por três, ó Thomas, é uma honraria de que nunca gozarei!

Capítulo IV

Quando fazia duas horas que o Sr. Goodchild estava olhando pela janela da estalagem, com grande perseverança, começou a pensar que estava se tornando ativo. Então lançou-se a explorar o campo dos topos de todas as colinas íngremes dos arredores.

Voltou na hora do jantar, vermelho e radiante, para contar a Thomas Idle o que tinha visto. Thomas, de costas, lendo, ouviu com grande compostura e perguntou se ele realmente tinha subido as colinas e procurado todas essas vistas e caminhado todos esses quilômetros.

– Porque eu quero saber – completou Thomas – o que você pensaria, se fosse obrigado a fazê-lo?

– Seria diferente – disse Francis. – Seria trabalho, assim foi diversão.

– Diversão! – respondeu Thomas Idle, repudiando abertamente a resposta. – Diversão! Aqui está um homem que sistematicamente se destrói em pedaços e põe-se a treinar infinitamente, como se estivesse em vias de lutar pelo cinturão de campeão e chama isso de Diversão! Diversão! – exclamou Thomas Idle, contemplando desdenhosamente sua bota no ar. – Você não consegue se divertir. Você não sabe o que é diversão. Transforma tudo em trabalho.

O alegre Goodchild sorriu amigavelmente.

– É isso o que você faz – disse Thomas. – Estou falando sério. Para mim você é um companheiro terrível. Você não faz nada como qualquer outro homem. Em situações em que qualquer outra pessoa se jogaria em um baldinho de ação ou emoção, você se joga em uma mina. Em situações em que qualquer outro homem seria uma borboleta colorida, você é um dragão. Em situações em que qualquer outro homem arriscaria seis pence, você arriscaria sua vida. Se você fosse voar de balão, chegaria ao paraíso; e se fosse mergulhar nas profundezas da terra, nada menos que o outro lugar te contentaria. Que companheiro você é, Francis!

Goodchild sorriu.

– Tudo bem sorrir, mas eu me pergunto se você é capaz de levar alguma coisa a sério – disse Idle. – Um homem que não consegue fazer nada pela metade, parece-me um homem temeroso.

– Tom, Tom – respondeu Goodchild. – Se eu não consigo fazer nada pela metade, e ser nada pela metade, está claro que você deve me aceitar como um todo, e aproveitar ao máximo.

Com essa réplica filosófica, o distraído Goodchild deu um tapinha no ombro do Sr. Idle pondo fim à discussão e eles sentaram para jantar.

– No mais, – disse Goodchild – fui a um asilo de loucos, também, desde que saí.

– Ele foi – exclamou Thomas Idle, revirando os olhos – a um asilo de loucos! Não contente em andar para lá e para cá como se se preparasse para uma maratona, ele faz de si um comissário dos loucos... para nada!

– Um lugar enorme – disse Goodchild. – Escritórios admiráveis, ótimas acomodações, bons atendentes; no todo, um lugar memorável.

– E o que você viu lá? – perguntou Sr. Idle, adaptando o conselho de Hamlet à ocasião e simulando a virtude do interesse.

– O normal – disse Francis Goodchild, com um suspiro. – Grandes bosques de homem e mulheres deteriorados; avenidas intermináveis de rostos tristes;

números, sem o menor poder de combinarem-se com qualquer objetivo terreno; uma sociedade de criaturas humanas que não tem nada em comum além do fato de terem todos perdido o poder de ser humanamente sociáveis uns com os outros.

– Beba um copo de vinho comigo – disse Thomas Idle – e sejamos sociáveis.

– Em uma galeria, Tom – continuou Francis Goodchild, – que me parecia ter o comprimento de *The Long Walk*[1], em Windsor, mais ou menos...

– Provavelmente menos – observou Thomas Idle.

– Em um corredor, onde não tinha nenhum paciente (pois estavam todos lá fora), havia um homezinho, magro, com um cenho perplexo e um rosto pensativo, agachado sobre o tapete no chão e cutucando-o com o polegar e o indicador o curso das fibras. O sol da tarde estava entrando pela janela dos fundos e havia manchas cruzadas de luz e sombra em toda a vista, feitas pelas janelas e pelas portas abertas dos pequenos quartos dos dois lados. No centro de toda essa cena, sob um arco, desatento ao tempo bom, desatento à solidão, desatento aos pas-

---

[1] *The Long Walk* é um caminho, com aproximadamente 4200m, cercado por olmos que vai de Snow Hill até o Castelo de Windsor. Foi encomendado por Carlos II em 1680. (N. E.)

sos que se aproximavam, estava o pobre homenzinho magro, debruçado sobre o tapete. "O que está fazendo aí?" disse meu guia quando chegamos até ele. Ele olhou para cima e apontou para o tapete. "Eu não faria isso, eu acho" disse meu guia, gentilmente. "Se eu fosse você, iria ler, ou deitaria se me sentisse cansado, mas não faria isso." O paciente pensou um pouco e respondeu vagamente: "Não, senhor, não vou fazer. Eu vou... vou ler." e então saiu se arrastando sem jeito até um dos quartinhos. Olhei para trás antes que tivéssemos andado muitos passos. Ele já tinha saído de novo, e já estava agachado sobre o tapete, cutucando as fibras com o polegar e o indicador. Parei para olhar para ele e veio-me à mente que, provavelmente, o curso daquelas fibras conforme entrelaçavam, para dentro e para fora, por baixo e por cima, era o único curso de coisas no mundo inteiro que ele ainda conseguia entender; que seu intelecto obscuro tinha diminuído à pequena fenda de luz que o iluminava. "Esse pedaço foi torcido, entrou aqui, passou por baixo, saiu por aqui, foi trazido até aqui até o lugar onde agora coloquei meu dedo e em seu progresso de acontecimentos a coisa foi feita e agora está aqui." Então me perguntei onde ele olhava para o tapete, depois, para ver se lhe mostrava qualquer coisa do processo através do qual chegou ele ali, agachado sobre o tapete tão estranhamente. Então pensei em como todos nós, Deus nos ajude!, de diferentes maneiras, estamos agachados sobre nossos pedaços de tapetes, cegamente, e que confusão de mistérios fazemos em seu padrão. Tive um sentimento triste de identidade com aquele homenzinho magro, nesse momento, e vim embora.

Quando Sr. Idle mudou o rumo da conversa para galináceos, cremes e bolos de casamento, O Sr. Goodchild seguiu a mesma direção. O bolo de casamento era bilioso e indigesto como se uma noiva de verdade o tivesse cortado e o jantar que ele completava tivesse tido uma performance admirável.

Era uma genuína casa antiga de descrição singular, cheia de esculturas antigas, e vigas, e painéis, e com uma escada antiga excelente, com uma galeria ou escadaria superior, que saía da escada como uma cerca curiosa de carvalho antigo, ou mogno de Honduras antigo. Era, e é, e será, por muitos anos ainda por vir, uma casa notoriamente pitoresca; e um certo mistério grave à espreita nas profundezas dos painéis de mogno, como se fossem muitas piscinas profundas de água escura – tantas, de fato, que era como se ainda estivessem entre as árvores – dava à casa uma personalidade muito misteriosa depois que caía a noite.

Quando o Sr. Goodchild e o Sr. Idle chegaram à porta pela primeira vez e entraram na sala sombria e bela, foram recebidos por meia dúzia de homens velhos silenciosos vestidos de preto, todos exatamente iguais, que deslizaram pelas escadas com o senhorio e o garçom prestativos – mas sem parecer estar no meio de seu caminho, ou ligar se estavam ou não – e que voltaram em fila ora à esquerda ora à direita quando os convidados entraram em seu apartamento. Era dia claro. Mas o Sr. Goodchild disse quando fecharam a porta do quarto:

– Quem diabos são esses velhos?

E depois, tanto ao entrar quanto ao sair, notou que não havia mais velhos à vista.

Nenhum dos velhos apareceu desde então. Os dois amigos passaram a noite na casa, mas não viram os velhos. O Sr. Goodchild, pensando sobre isso, olhou nos corredores e nas portas, mas não encontrou nenhum velho; nem parecia que quaisquer dos membros do estabelecimento notavam sua falta.

Outra circunstância estranha chamou-lhes a atenção. A porta de seu apartamento nunca ficava fechada por mais de um quarto de hora. Era aberta com hesitação, aberta com confiança, aberta um pouquinho, aberta bastante – sempre fechada novamente sem nem nenhuma palavra de explicação. Eles estavam lendo, eles estavam escrevendo, eles estavam bebendo, eles estavam comendo, eles estavam conversando, eles estavam cochilando; a porta era sempre aberta em um momento inesperado, e eles olhavam para ela que era fechada novamente, e eles não viam ninguém. Quando isso já tinha acontecido umas cinquenta vezes, o Sr. Goodchild disse a seu companheiro, gesticulando:

– Estou começando a achar, Tom, que havia algo errado com aqueles seis velhos.

A noite chegara novamente, e eles escreviam por duas ou três horas: escrevendo, em suma, uma parcela das notas preguiçosas das quais se tiram folhas preguiçosas. Haviam deixado a escrita e havia óculos sobre a mesa que ficava entre eles. A casa estava fechada e quieta. Na cabeça de Thomas Idle, deitado no sofá, pairavam espirais iluminados de fumaça perfumada. A fronte de Francis Goodchild, quase deitado em sua cadeira, com as duas mãos entrelaçadas atrás da cabeça e as pernas cruzadas, estava igualmente decorada.

Eles discutiam diversos assuntos vadios de especulação, sem esquecer os velhos estranhos, e estavam, ainda, tão ocupados, quando o Sr. Goodchild abruptamente mudou sua atenção para olhar para o relógio. Agora que ficavam sonolentos o suficiente para terem a conversa interrompida por uma atitude tão pequena. Thomas Idle, que estava falando no momento, parou e disse:

– Que horas são?

– Uma – disse Goodchild.

Como se tivesse pedido por um velho, e o pedido fosse prontamente atendido (na verdade, todos os pedidos eram naquele excelente hotel), a porta abriu e um velho estava ali.

Ele não entrou, mas ficou parado com a porta na mão.

– Um dos seis, Tom, finalmente! – disse o Sr. Goodchild, em um sussurro surpreso. – Senhor, o que deseja?

– Senhor, o que *você* deseja? – disse o velho.

– Eu não chamei.

– O sino, sim – disse o velho.

Ele disse SINO, de um jeito profundo e forte, que expressaria o sino da igreja.

– Tive o prazer, desconfio, de ter lhe visto ontem? – disse Goodchild.

– Não posso comprometer-me a dizer com certeza – foi a resposta soturna do velho.

– Acho que você me viu. Não viu?

– *Vi você*? – disse o velho. – Ah, sim, eu vi você. Mas vejo tantos que nunca me veem...

Um velho frio, lento, prático, irredutível. Um velho cadavérico de discurso calculado. Um velho que parecia incapaz de piscar, como se suas pálpebras estivessem pregadas à sua testa. Um velho cujos olhos – duas bolas de fogo – não tinham mais movimento do que se estivessem ligados aos fundos de seu crânio por parafusos, cujas porcas ficavam em sua nuca, entre os cabelos grisalhos.

A noite tornara-se tão fria, para as sensações do Sr. Goodchild, que ele tremia. Falava levemente e quase se desculpando:

– Acho que alguém está andando sobre meu túmulo.

– Não, – disse o velho estranho – não há ninguém lá.

O Sr. Goodchild olhou para Idle, mas Idle estava deitado com a cabeça rodeada de fumaça.

– Ninguém lá? – disse Goodchild.

– Não há ninguém em seu túmulo, garanto-lhe – disse o velho.

Ele tinha entrado e fechado a porta, e agora estava sentado. Não se curvara para sentar, como as outras pessoas fazem, mas pareceu afundar ereto, como se mergulhasse na água, até que a cadeira parou-o.

– Meu amigo, o Sr Idle – disse Goodchild, ansiosíssimo para introduzir uma terceira pessoa na conversa.

– Eu estou – disse o velho, sem olhar para ele – a serviço do Sr. Idle.

– Você é um morador antigo do lugar – Francis Goodchild voltou a falar.

– Sim.

– Talvez você possa decidir um assunto sobre o qual meu amigo e eu tínhamos dúvidas esta manhã. Eles enforcam criminosos condenados no Castelo, sim?

– *Acredito* que sim – disse o velho.

– Seus rostos ficam virados para os nobres?

– Seu rosto fica virado – respondeu o velho – para o muro do Castelo. Quando você é amarrado, você vê suas pedras expandindo e contraindo violentamente e expansão e contração similares parecem agir sobre seu peito e sua cabeça. Então, há uma onda de incêndios e terremotos e o castelo voa pelos ares e você cai de um precipício.

Sua gravata parecia incomodá-lo. Colocou a mão na garganta e mexeu o pescoço de um lado para o outro. Era um velho que parecia ter o rosto inchado e seu nariz era imovelmente levantado de um lado, como se um pequeno gancho tivesse sido inserido naquela narina. O Sr. Goodchild sentiu-se extremamente desconfortável e começou a pensar que a noite estava quente e não fria.

– É uma forte descrição, senhor – observou.

– Uma forte sensação – o velho respondeu.

Novamente, o Sr. Goodchild olhou para o Sr. Thomas Idle; mas Thomas estava deitado com o rosto virado atenciosamente para o velho e não deu nenhum sinal. Nesse momento o Sr. Goodchild acreditou estar vendo fios de fogo esticarem-se dos olhos do velho até os seus, e prenderem-se ali. (O Sr. Goodchild escreve o presente relato dessa experiência e, com a maior solenidade, protesta que tinha a forte sensação de ser forçado a olhar para o velho ao longo dos dois fios de fogo, daquele momento em diante.)

– Devo falar-lhe – disse o velho, com um olhar medonho de pedra.

– O quê? – perguntou Francis Goodchild.

– Você sabe onde aconteceu. Lá.

Se ele apontava para o quarto de cima, ou o quarto de baixo, ou qualquer quarto daquela casa, ou um quarto em alguma outra casa daquela velha cidade, o Sr. Goodchild não tinha, ou tem, ou terá algum dia, certeza. Estava confuso pelo modo com que o indicador direito do velho parecia mergulhar em um dos fios de fogo, que se acendeu, e deixou um rastro de fogo no ar quando apontou para algum lugar. Tendo apontado para algum lugar, saiu.

– Você sabe que ela era noiva – disse o velho.

– Eu sei que eles ainda mandam bolo de casamento para cá – o Sr. Goodchild respondeu. É difícil respirar aqui...

– Ela era noiva – disse o homem. – Era uma moça bonita, de cabelos louros e olhos grandes que não tinha caráter, nem objetivos. Um nada fraco, crédulo, incapaz e incurável. Não puxou a mãe. Não, não. Era o caráter do pai que refletia.

Sua mãe tinha cuidado para conseguir tudo para si mesma, para sua própria vida, quando o pai dessa garota (uma criança à época) morreu, de pura impotência, nenhuma outra doença, e então Ele renovou a ligação que havia entre Ele e a mãe da garota. Ele tinha sido posto de lado pelo homem de cabelos louros e olhos grandes (um insignificante) com dinheiro. Podia passar por cima disso por dinheiro. Queria compensação em dinheiro.

Então voltou para o lado daquela mulher, a mãe, fez amor com ela novamente, dançou com ela e submeteu-se a seus caprichos. Ela jogava nele todos os caprichos que tinha, ou poderia inventar. Ele aguentava. E quanto mais ele aguentava, mais queria compensação em dinheiro e mais ficava decidido a consegui-lo.

Mas, ah! Antes de ele conseguir, ela o traiu. Em um de seus estados de soberba, ela congelou, e nunca mais descongelou. Colocou as mãos na cabeça uma noite, gritou, enrijeceu, ficou assim por algumas horas e morreu. E ele não tinha conseguido nenhuma compensação em dinheiro, ainda. Praga sobre ela! Nem um centavo.

Ele a tinha odiado durante essa segunda tentativa e tinha esperado pelo momento de destruí-la. Falsificava agora a assinatura dela em um documento, deixando tudo o que ela tinha para deixar, para sua filha, que então tinha dez anos, para quem a propriedade passou absolutamente e apontando a si mesmo como o guardião da filha. Quando colocou o documento embaixo do travesseiro da cama em que ela dormia, ele curvou-se ao ouvido surdo da Morte e sussurrou: "Senhora Orgulho, determinei há muito tempo que viva ou morta, você deve compensar-me em dinheiro".

Agora, então, havia apenas dois. Os dois sendo Ele e a filha tola de cabelos louros e olhos grandes, que viria a se tornar sua noiva.

Ele colocou-a na escola. Em uma casa secreta, escura, opressiva e antiga, ele a colocou para estudar com uma mulher atenta e sem escrúpulos. "Minha valorosa senhora" ele dizia "aqui está uma mente a ser moldada; você pode me ajudar a moldá-la?" Ela aceitou a confiança. Pela qual ela, também, queria compensação em dinheiro, e teve.

A garota formou-se com medo dele e com a convicção de que não havia como fugir. Foi ensinada, desde o início, a vê-lo como seu futuro marido, o homem que deveria casar com ela, o destino que a ofuscava, a certeza de que nunca poderia escapar. A pobre tola era como cera macia branca nas mãos deles e aceitou tudo o que lhe impuseram. Endureceu com o tempo. Tornou-se parte dela. Inseparável dela e para lhe ser tirado somente tirando-lhe a vida.

Onze anos ela tinha vivido na casa escura e no jardim sombrio. Ele tinha inveja até mesmo da luz e do ar que lhe tocavam, então a mantinha sempre por perto. Tampou largas chaminés, sombreou pequenas janelas, deixou que as heras crescessem para onde quisessem na frente da casa, que o musgo acumulasse nas árvores não aparadas de frutas no jardim de muros vermelhos, que as ervas-daninhas supercolorissem o chão de vermelho e amarelo. Cercou-a de imagens de tristeza e desolação. Fez com que ela ficasse cheia de medos do lugar e das histórias que se contavam dele, e depois, sob o pretexto de corrigi-los, deixou-a lá sozinha para encolher-se no escuro. Quando sua cabeça estava quase depressiva e cheia de medos, ele saía do lugar onde tinha estado escondido e de onde a olhava, e apresentava-se como seu único recurso.

Então, sendo desde a infância, a única incorporação que a vida lhe apresentava de poder de reagir e poder de aliviar, poder de cegar e poder de perder, o domínio sobre sua fraqueza estava garantido. Ela tinha vinte e um anos e vinte e um dias quando ele a trouxe para a casa sombria, sua tola, medrosa e submissa esposa havia três semanas.

Ele já tinha demitido a governanta, pois o que ainda tinha para fazer, conseguiria fazer sozinho, e eles voltaram, em uma noite chuvosa, para o cenário da longa preparação. Ela virou-se para ele no limiar da porta, enquanto a chuva pingava na varanda, e disse:

"Ah, senhor! É o relógio da Morte tiquetaqueando por mim."

"Bem," ele respondeu "e se for?"

"Ah, senhor," ela respondeu "cuida de mim e tenha misericórdia! Eu lhe imploro. Faço o que o senhor quiser, se ao menos me perdoar!"

Essa tinha se tornado a música constante da pobre tola: "Eu lhe imploro" e "Perdoe-me!"

Não valia a pena odiá-la; ele não sentia por ela nada além de desprezo. Mas fazia tempo que ela estava em seu caminho, e fazia tempo que ele estava cansado, o trabalho estava próximo do fim e tinha que ser terminado.

"Sua tola" ele disse. "Vá lá para cima!"

Ela obedeceu muito rapidamente, murmurando "Farei tudo o que o senhor desejar!" Quando ele chegou ao quarto, depois de demorar um pouco por ter de fechar todas as fechaduras pesadas da porta principal (pois eles estavam sozinhos na casa e ele fez com que as pessoas que trabalhavam para ele viessem somente durante o dia) encontrou-a encolhida em um canto, pressionada contra a parede como se fosse atravessá-la: seus cabelos louros selvagens em torno de seu rosto e os olhos grandes olhando para ele com terror.

"Do que você está com medo? Venha aqui e sente ao meu lado."

"Farei tudo o que o senhor desejar. Eu imploro, senhor. Perdoe-me!" Em seu tom monótono de sempre.

"Ellen, aqui está um texto que você deve copiar amanhã, de próprio punho. Deixe também que os outros a vejam ocupada desta tarefa. Quando tiver escrito tudo e corrigido todos os erros, chame quaisquer duas pessoas que possam estar na casa e assine seu nome na folha diante deles. Então, coloque em seu peito para mantê-lo seguro e quando eu sentar aqui amanhã à noite, entregue-me."

"Farei tudo isso, com o maior cuidado. Farei tudo o que o senhor quiser."

"Não trema, então."

"Tentarei o mais que puder não fazê-lo; por favor, perdoe-me!"

No dia seguinte, ela sentou à sua escrivaninha e fez o que lhe tinha sido dito. Algumas vezes ele entrava e saía do quarto, para observá-la, e sempre a via escrevendo vagarosa e trabalhosamente: repetindo a si mesma as palavras que copiava, no que parecia um gesto mecânico, sem o cuidado ou a vontade de compreendê-las, desde que terminasse sua tarefa. Ele a viu seguir as diretrizes que havia recebido, nos menores detalhes; e à noite, quando estavam novamente sozinhos no mesmo quarto, ele puxou a cadeira para perto da lareira e ela abordou-o timidamente de sua cadeira distante, pegou o papel de seu peito e entregou-o nas suas mãos.

O papel passava todas as posses dela para ele, caso ela morresse. Ele colocou-a a sua frente, face a face, para que pudesse olhar para ela firmemente, e perguntou-lhe, em palavras simples, nem mais nem menos, se ela sabia disso.

Havia manchas de tinta no peito do vestido branco que ela vestia, o que fazia com que seu rosto parecesse ainda mais branco e seus olhos ainda maiores quando ela assentiu com a cabeça. Havia manchas de tinta na mão com a qual, diante dele, ela dobrava e torcia sua saia branca.

Ele tomou-a pelo braço e olhou para ela, ainda mais de perto e mais firme. "Agora, morra! Já fiz o que tinha que fazer com você."

Ela encolheu-se e soltou um grito abafado.

"Não vou matar você. Não vou pôr minha vida em perigo pela sua. Morra!"

Ele sentou-se diante dela no quarto obscuro, dia após dia, noite após noite, fazendo com que ela percebesse a palavra em seu olhar quando não a dizia. Tantas vezes quanto os olhos grandes e insignificantes subiam das mãos com a qual ela chacoalhava a cabeça para a figura inflexível, sentada com os braços cruzados e a testa franzida, liam nela "Morra!". Quando caía no sono de tanta exaustão, era trazida de volta à consciência estremecida pelo sussurro "Morra!". Quando caía em sua súplica antiga pelo perdão, a resposta era "Morra!". Quando tinha assistido e sofrido a longa noite passar e o sol nascente queimou no quarto sombrio, ela o ouviu saudar-lhe com um "Mais um dia e não morreu? Morra!".

Aprisionada na mansão deserta, alheia a toda a humanidade e engajada sozinha em uma luta sem trégua, chegou ao ponto seguinte: ou ele morria, ou ela. Ele sabia disso muito bem e concentrou todas as suas forças contra a fraqueza dela. Durante horas e horas ele a segurava pelo braço ficando o braço preto onde ele segurava, e ordenava "Morra!"

Acabou, em uma manhã de muito vento, antes do nascer do sol. Ele calculou que era quatro e meia; mas, seu relógio esquecido havia parado, e não pôde ter certeza. Ela havia conseguido se soltar dele durante a noite, com gritos altos e repentinos, os primeiros a que deu vazão, e ele teve de colocar as mãos sobre sua boca. Desde então, ela tinha estado quieta no canto onde se enfiou; e ele a deixou e voltou à cadeira com os braços cruzados e a testa franzida.

Mais pálida na luz branca, mais sem cor do que nunca na aurora de chumbo, ele a viu aproximar-se, arrastando-se pelo chão em sua direção, uma ruína de cabelos louros, e vestido, e olhos selvagens, puxando-se para frente por uma mão irresoluta e curvada.

"Ah, perdoe-me! Eu faço qualquer coisa. Ah, senhor, rogo que me diga que posso viver!" "Morra!" "O senhor está decidido? Não há esperança para mim?"

"Morra!"

Seus olhos grandes arregalaram-se de espanto e medo; espanto e medo transformaram-se em reprovação; reprovação em nada. Estava feito. No início ele não teve certeza de que estivesse, mas o sol da manhã pendurava joias nos cabelos dela – ele viu o diamante, a esmeralda e o ruby brilhando entre eles em pequenos pontinhos, quando olhou para ela deitada no chão, pegou-a no colo e colocou-a em sua cama.

Logo ela deitaria sob a terra. E agora todos tinham partido e ele tinha recebido uma boa compensação.

Queria viajar. Não que quisesse desperdiçar o dinheiro, pois era um sovina e gostava muito de seu dinheiro (como não gostava de mais nada, de fato), mas estava cansado da casa desolada e quis deixá-la para trás e livrar-se dela. Mas a casa valia dinheiro e não se deve jogar dinheiro fora. Decidiu vendê-la antes de ir embora. Para que parecesse menos miserável e trouxesse um valor maior, contratou alguns homens para trabalhar no jardim descuidado; cortar a madeira morta, aparar a hera que caía em pedaços grandes sobre as janelas e cumeeiras e tirar as ervas daninhas, que estavam com meia perna de altura.

Ele mesmo trabalhou com eles. Trabalhava até mais tarde que eles e, certo dia ao anoitecer, foi deixado trabalhando sozinho com o podão nas mãos. Uma noite de outono, quando fazia cinco semanas que a noiva havia morrido.

"Está ficando muito escuro para trabalhar", disse para si mesmo, "devo parar durante a noite."

Ele detestava a casa e estava relutante em entrar. Olhou para a varanda escura esperando por ele como um túmulo e achou que fosse uma casa amaldiçoada. Perto da varanda e perto de onde ele estava havia uma árvore cujos galhos balançavam diante da janela do quarto da noiva. A árvore balançou repentinamente fazendo-o parar. Balançou novamente apesar de não haver vento. Olhando para ela, viu uma silhueta entre os galhos.

Era a silhueta de um jovem. O rosto estava voltado para baixo quando ele olhou para cima; os galhos estalavam e balançavam; a silhueta desceu rapidamente e deslizou sobre o chão diante dele. Um jovem esguio que tinha mais ou menos a idade dela, com longos cabelos castanhos.

"Que tipo de ladrão é você?" ele disse, segurando o jovem pelo colarinho.

O jovem, ao livrar-se dele, deu-lhe um golpe no rosto e no pescoço com o braço. Aproximaram-se, mas o jovem deu um passo para trás, chorando, com grande ânsia e terror. "Não toque em mim! Eu preferiria ser tocado pelo Diabo!"

Ele ficou parado, com o podão nas mãos, olhando para o jovem. Pois o olhar do jovem parecia-se com o último olhar dela e ele esperava nunca mais ver aquele olhar novamente.

"Não sou um ladrão. E mesmo que fosse, não quereria uma moeda de sua riqueza, nem que me comprasse as Índias. Seu assassino!"

"O quê?"

"Eu subi nela" disse o jovem, apontado para a árvore "pela primeira vez, há quase quatro anos. Subi para vê-la.

E vi. Falei com ela. Subi por diversas vezes, para vê-la e ouvir sua voz. Eu era um garoto, escondido por entre os galhos, quando da janela ela me deu isto!"

O jovem mostrou uma mecha de cabelos louros, amarrados por uma fita preta.

"Sua vida" disse o jovem "foi uma vida de luto. Deu-me isso, como um símbolo desse sofrimento e um sinal de que estava morta para qualquer um, menos para você. Se eu fosse mais velho, se a tivesse visto antes, poderia tê-la salvado de você. Mas ela já estava muito envolvida a primeira vez que subi. O que eu poderia fazer para salvá-la?"

Dizendo essas palavras, ele caiu em uma crise de choro e soluços: fracos no início, mas logo passionais.

"Assassino! Eu subi na árvore na noite em que você a trouxe de volta. Ouvi a voz dela falando do olhar da Morte. Era a terceira vez que eu havia subido quando você colocou a mão sobre sua boca, matando-a lentamente. Eu a vi, da árvore, deitada morta em sua cama. Olhei para você, da árvore, procurando rastros e traços de sua culpa. Como você fez é ainda um mistério para mim, mas o seguirei até que entregue sua vida ao algoz. Você nunca, até esse dia, ficará livre de mim. Eu a amava! Não cederei a você. Assassino, eu a amava!"

O jovem estava com a cabeça descoberta, pois seu chapéu havia caído quando ele desceu da árvore. Andou até o portão. Teve que passar por Ele para chegar até lá. Havia entre eles o espaço de duas carruagens e a repulsa do jovem, expressa abertamente em cada feição de seu rosto e cada membro de seu corpo, e muito difícil de suportar, teve força o bastante para mantê-lo à distância. Ele (com o que quero dizer o outro) não havia mexido pé ou mão desde que tinha parado para olhar para o menino. Seu rosto redondo o seguia agora com os olhos. Quando a nuca da cabeça descoberta castanho-claro virou-se para ele, viu uma curva vermelha esticar-se de suas mãos até ela. Ele soube, antes de jogar o podão, onde havia pousado... eu disse havia pousado e não posaria; pois, segundo sua percepção clara, a coisa estava feita antes de fazê-la. Fissurou-lhe a cabeça e o jovem caiu de bruços.

Ele enterrou o corpo naquela noite ao pé da árvore. Assim que a luz surgiu na manhã, trabalhou para revirar toda a terra próxima da árvore, cortando e podando as moitas próximas e rasteiras. Quando os trabalhadores vieram, não havia nada suspeito e nada foi suspeitado.

Mas ele tinha, em um instante, arruinado todas

as suas precauções e destruído o triunfo do esquema que há muito havia tramado e tão bem-sucedidamente posto em prática. Livrara-se da noiva e apoderara-se de sua fortuna sem colocar a própria vida em perigo; mas agora, por uma morte com a qual não ganharia nada, viveria para sempre com a corda no pescoço.

Além disso, estava preso agora à casa de horror e melancolia, que não conseguia suportar. Com medo de vendê-la ou desistir dela, temendo a descoberta que poderia ser feita, foi forçado a viver nela. Contratou dois velhos, marido e mulher, para serem seus serventes; e habitou nela e a temeu. Sua imensa dificuldade, por muito tempo, foi o jardim. Se deveria mantê-lo aparado, se deveria deixá-lo atingir seu estado anterior de negligência, qual seria menos provável que atrairia atenção?

Ficou com o meio-termo de jardinar, ele mesmo, no tempo livre que tinha à noite e depois de chamar o velho servente para ajudá-lo; mas nunca o deixando trabalhar lá sozinho. E construiu um caramanchão em frente à árvore, onde poderia sentar e certificar-se de que estava a salvo.

Conforme as estações mudaram, e a árvore mudou, sua mente percebia perigos que estavam sempre mudando. Durante a época das folhas, percebeu que os galhos superiores cresciam na forma do jovem, que estavam exatamente do seu formato, sentado em um galho forquilhado balançando ao vento. No período das folhas caducas, percebeu que caíam da árvore formando letras delatoras no chão ou que tinham a tendência de acumular-se formando uma igreja sobre a cova. No inverno, quando a árvore estava careca, percebeu que os galhos balançavam em sua direção como o golpe que o jovem tinha lhe dado e que o ameaçavam abertamente. Na primavera, quando a seiva acumulava-se nos caules, perguntava-se se as partículas de sangue seco subiam com ela: para deixar mais claro, neste ano que no último, a figura formada por folhas do jovem balançando ao vento.

No entanto, mexia em seu dinheiro mais e mais, e ainda mais. Estava no mercado negro, no mercado de ouro e em mais mercados secretos que geravam ótimos lucros. Em dez anos, havia lucrado tanto que os comerciantes que negociavam com ele, não estavam mentindo nem um pouco, pela primeira vez, quando declaravam que sua fortuna tinha aumentado mil e duzentos por cento.

Possuía sua riqueza há cem anos, quando as pessoas podiam facilmente perder-se. Ouviu falar de quem era o jovem, quando soube que o procuravam; mas a busca parou e o jovem foi esquecido.

A rodada anual de mudanças na árvore havia se repetido por dez vezes desde a noite do enterro a seu pé, quando houve uma grande tempestade naquele lugar. Começou à meia-noite e não parou até a manhã seguinte. A primeira coisa que ele ouviu de seu servente naquela manhã, foi que a árvore havia sido acertada por um raio.

Seu tronco foi dilacerado de uma maneira surpreendente e estava dividido em dois: uma parte caiu sobre a casa e a outra sobre uma porção do muro vermelho que cercava o jardim, abrindo-lhe uma fenda. A fissura descia pela árvore quase até a terra e ali parava. Houve muita curiosidade para ver a árvore e, com muitos de seus medos antigos renascidos, ele sentou no caramanchão, um homem muito velho, assistindo às pessoas que vinham vê-la.

Rapidamente começaram a vir em números tão perigosos que ele fechou o portão do jardim e recusou-se a recebê-los. Mas havia alguns homens da ciência que viajavam grandes distâncias para examinar a árvore e, em uma hora infeliz, ele os deixou entrar! Que uma praga caia sobre eles, deixou-os entrar!

Eles queriam mexer a ruína da terra sob a árvore e

examiná-la atentamente. Nunca, enquanto ele vivesse! Ofereceram-lhe dinheiro por isso. Eles! Homens da ciência, que ele poderia ter comprado por uma ínfima parte de sua fortuna, com um risco de sua pena! Levou-os novamente até o portão e trancou-o.

Mas eles estavam decididos a fazer o que queriam e subornaram o velho servente, um desgraçado ingrato que reclamava regularmente ao receber seu salário, e entraram escondidos no jardim durante a noite com lanternas, picaretas e pás e investigaram a árvore. Ele estava dormindo em um quarto na torre no outro lado da casa (o quarto da noiva ficara desocupada desde o acontecido), mas logo começou a sonhar com picaretas e pás e acordou.

Veio até uma janela alta naquele lado, de onde conseguia ver as lanternas, os homens e a terra remexida em uma pilha que ele mesmo havia remexido e colocado de volta na última vez em que o corpo se revelara. Eles encontraram! Mantinham suas lanternas sobre ele. Estavam todos curvados sobre ele. Um deles disse: "O crânio está fraturado."; e o outro "Veja aqui os ossos."; e o outro "Veja suas roupas."; e o primeiro voltou a falar, "Um podão enferrujado!".

Ele percebeu, no dia seguinte, que já estava sob

estrita vigilância e que não poderia ir a lugar algum sem que fosse seguido. Antes que uma semana se passasse, foi levado e colocado sob custódia. As circunstâncias foram gradualmente reunidas contra ele com uma malignidade desesperada e uma ingenuidade aterradora. Mas, veja a justiça dos homens e como ela se estendeu sobre ele! Foi posteriormente acusado de ter envenenado a garota no quarto. Ele, que tinha cuidadosa e expressivamente evitado colocar um fio de cabelo em risco por ela e que a tinha visto morrer pela própria incapacidade!

Havia dúvida quanto a por qual dos dois assassinatos ele deveria ser julgado primeiro; mas o real assassinato foi escolhido e ele foi considerado culpado e condenado à morte. Sanguinários desgraçados. Haviam-no feito culpado por nada para que pudessem tirar-lhe a vida.

Seu dinheiro nada poderia fazer para salvá-lo e ele foi enforcado. *E sou* Ele, e eu fui enforcado no Castelo de Lancaster com o rosto virado para os muros, há cem anos!

Ao ouvir esse conto terrível, o Sr. Goodchild tentou levantar-se e tentou gritar. Mas as duas linhas ardentes que se estendiam dos olhos do velho até os dele seguraram-no na cadeira e ele não conseguiu dizer palavra. Sua audição, no entanto, era precisa e ele conseguiu ouvir o relógio bater as duas horas. Logo que ouviu o relógio bater as duas, viu dois velhos a sua frente!

DOIS!

Os olhos de cada um ligavam-se aos dele por duas fitas de fogo: cada uma, exatamente como a outra: cada uma dirigindo-se a ele precisamente no mesmo instante: cada uma rangendo os mesmos dentes na mesma cabeça, com a mesma narina torta e a mesma expressão impregnada. Dois velhos. Em nada diferentes, igualmente distintos à vista, a cópia não mais apagada que o original, o segundo tão real quanto o primeiro.

– Naquele tempo, – disse o segundo velho – você entrou pela porta inferior?

– Às seis.

– E havia seis velhos nas escadas!

O Sr. Goodchild limpou o suor da testa, ou tentou, e os dois homem prosseguiram a uma só voz e no singular:

– Fui anatomizado, mas ainda não tinham montado novamente meu esqueleto e prendido-o com um gancho de ferro, quando começaram a sussurrar que o quarto da noiva era mal-assombrado. *Era* mal-assombrado e eu estive lá.

Nós estávamos lá. Ela e eu estávamos lá. Eu, na cadeira perto da lareira; ela, uma ruína branca novamente, arrastando-se até mim pelo chão. Mas eu não falava mais e a única palavra que me disse da meia-noite até o amanhecer, "Viva!".

O jovem estava lá, também. Na árvore do lado de fora da janela. Vindo e indo sob a luz da Lua, conforme a árvore inclinava-se. Ele estava, desde então, lá, olhando para mim durante a minha tormenta; revelado para mim em pedaços, sob as luzes pálidas e sombras cinzentas em que vem e vai, com a cabeça descoberta... um podão, preso em sua nuca.

No quarto da noiva, todas as noites desde a meia-noite até o amanhecer, excetuando-se um mês do ano, conforme vou contar, ele esconde-se na árvore e ela vem até mim no chão; sempre se aproximando pouco, sem chegar bem perto; sempre visível como se estivesse sob a luz da Lua, esteja ela brilhando ou não; sempre dizendo, desde a meia-noite até o amanhecer, sua única palavra, "Viva!".

Mas no mês em que fui forçado a sair dessa vida, esse mês presente de trinta dias, o quarto da noiva fica vazio e calmo. Não posso dizer o mesmo de minha velha masmorra. Nem dos cômodos onde eu fiquei inquieto e com medo, durante dez anos. Ambos são esporadicamente mal-assombrados. A uma da manhã. Eu sou o que você viu de mim quando o relógio bateu aquela hora: um velho. Às duas da manhã, sou dois velhos. Às três, sou três. Ao meio dia, sou doze velhos, um para cada cento da porcentagem. Cada um dos doze, com doze vezes minha velha capacidade de sofrer e agonizar. Daquela hora até a meia-noite, eu, doze velhos em angústia e temor, aguardo a vinda do carrasco. À meia-noite, eu, doze homens velhos desligados, pendo invisível do lado de fora do castelo de Lancaster, com doze rostos virados para o muro!

Quando o quarto da noiva foi mal-assombrado pela primeira vez, eu soube que este castigo nunca mais acabaria, até que eu pudesse fazer com que sua natureza e sua história fossem conhecidas por dois homens vivos ao mesmo tempo. Esperei pela vinda de dois homens vivos ao quarto da noiva durantes anos e anos. Foi injetado em meu conhecimento (ignoro os meios usados para tal) que se dois homens vivos, com seus olhos abertos, pudessem estar no quarto da noiva a uma da manhã, haveriam de encontrar-me sentado em minha cadeira.

Finalmente, os sussurros de que o quarto estava

espiritualmente conturbado, trouxeram dois homens a tentar viver a aventura. Eu estava para sentar-me em minha cadeira à meia-noite (acabo lá como se os relâmpagos trouxessem-me à vida), quando os ouvi subindo as escadas. Então, vi-os entrar. Um deles era um homem alegre corajoso e ativo, no auge da vida, de mais ou menos quarenta e cinco anos de idade; o outro, doze anos mais jovem. Trouxeram consigo suprimentos em uma cesta e garrafas. Uma jovem os acompanhava, trazendo madeira e carvão para acender o fogo. Quando já o havia acendido, o homem alegre corajoso e ativo acompanhou-a pelo corredor para que descesse as escadas em segurança e voltou sorrindo.

Olhou para a porta, analisou o quarto, colocou o conteúdo da cesta na mesa à frente da lareira, sem perceber que eu estava ali, em meu lugar à lareira, perto dele, e encheu os copos e comeu e bebeu. Seu companheiro fez o mesmo e estava tão feliz e confiante quanto ele: apesar de ele ser o líder. Quando já haviam jantado, colocaram as pistolas sobre a mesa, apagaram o fogo e começaram a fumar seus cachimbos importados.

Vinham viajando juntos e estando muito juntos tinham uma abundância de assuntos em comum. No decorrer de seus assuntos e risadas, o homem mais jovem comentou o fato de o líder estar sempre pronto para qualquer aventura; aquela ou qualquer outra. Ele respondeu nestas palavras:

"Não é bem assim, Dick; se tem uma coisa de que eu tenho mesmo medo, é de mim mesmo".

Seu companheiro parecendo ficar um pouco aborrecido, perguntou: em que sentido? Como?

"Ora, sendo" ele respondeu. "Aqui há um fantasma a ser refutado. Pois bem! Não posso dizer com certeza o que faria se estivesse sozinho, ou quais truques meus sentidos poderiam aplicar em mim caso tivessem-me só para si. Mas na companhia de outro homem, e principalmente com Dick, concordaria em enfrentar todos os fantasmas que houvesse no universo."

"Eu não tinha a vaidade de supor que tinha tamanha importância esta noite" disse o outro.

"Tanta" respondeu o líder, mais seriamente ainda "que jamais, pelo motivo que já dei, sob hipótese alguma, passaria a noite aqui sozinho."

Faltava poucos minutos para a uma. A cabeça do mais jovem caiu quando ele fez sua última observação e agora tinha caído ainda mais.

"Fique acordado, Dick!" disse o líder alegremente. "As primeiras horas são as piores."

Ele tentou, mas sua cabeça caiu novamente.

"Dick!" insistiu o líder. "Fique acordado!"

"Não consigo" ele murmurou indistintamente. "Não sei que influência estranha recai agora sobre mim. Não consigo".

Seu companheiro olhou para ele com um terror repentino e eu, em meu estado singular, senti um novo terror também; pois quando bateu a uma, senti que o segundo vigilante gritava para mim e que a maldição estava sobre mim de que deveria fazê-lo dormir.

"Levante e ande, Dick!" gritou o líder. "Tente!"

Foi em vão ir até a cadeira do dorminhoco e chacoalhá-lo. Soou a uma hora e eu estava presente para o mais velho e ele ficou paralisado diante de mim.

Só para ele fui obrigado a contar minha história, sem esperança ou benefício. Só para ele fui um fantasma terrível que fazia uma confissão inútil. Prevejo que sempre será assim. Dois homens vivos juntos jamais virão para libertar-me. Quando eu aparecer, os sentidos de um dos dois estarão trancados no sono; ele não me verá nem me escutará; minha comunicação será sempre feita a um ouvinte solitário e sempre será inutilizada. Ai! Ai! Ai!

Quando os dois velhos, com essas palavras, levantaram as mãos, o Sr. Goodchild percebeu a situação terrível de estar praticamente sozinho com um espectro e que a imobilidade do Sr. Idle era explicável por ter sido enfeitiçado a dormir a uma hora. No terror dessa descoberta repentina que produziu um terror indescritível, ele lutou com força para livrar-se dos quatro fios de fogo que os rompeu depois de tê-los puxado a uma distância muito grande. Estando então desvinculado levantou o Sr. Idle do sofá o correu pelas escadas com ele.

– O que você está fazendo, Francis? – exigiu o Sr. Idle. – Meu quarto não é aqui embaixo. Por que diabos você está me carregando? Eu consigo andar de bengala agora. Não quero ser carregado. Ponha-me no chão.

O Sr. Goodchild colocou-o no chão no meio da sala e olhou ao redor freneticamente.

– O que você está fazendo? – perguntou o Sr. Idle, de uma maneira petulante.

– O velho! – gritou o Sr. Goodchild, distraidamente. – Os dois velhos!

O Sr. Idle não se dignou a responder mais que:

– A velha, acho que você quer dizer – e começou a coxear o caminho de volta pelas escadas, assistido pelo amplo balaustre.

– Eu juro, Tom – começou o Sr. Goodchild, andando ao seu lado – que desde que você caiu no sono...

– Ah! Dessa eu gostei! – disse Thomas Idle – Nem fechei o olho!

Com a sensibilidade peculiar quanto à ação vergonhosa de dormir não estando na cama, que é a sina de toda a humanidade, o Sr. Idle insistiu na declaração. A mesma sensibilidade peculiar impeliu o Sr. Goodchild ao ser taxado do mesmo crime, de repudiá-lo com ressentimento honroso. A solução dessa questão do velho e dos dois velhos era então muito complicada e logo tornou-se impraticável. O Sr. Idle disse que tudo se devia ao bolo de casamento e a fragmentos, rearranjados, de coisas vistas e sobre as quais se pensou durante o dia. O Sr. Goodchild perguntou como poderá ser, se ele não tinha dormido e que direito teria o Sr. Idle de dizê-lo, se tinha estado dormindo? O Sr. Idle disse que não tinha dormido e que nunca dormia e que o Sr. Goodchild, como regra geral, estava sempre dormindo. Consequentemente, separaram-se para o resto da noite, à porta de seus quartos, um pouco enervados. As últimas palavras do Sr. Goodchild foram que ele tinha tido, no apartamento real e tangível daquela estalagem real e tangível (ele supunha que o Sr. Idle negava sua existência?), todas as sensações e experiências que o presente relato está agora a um linha ou duas de completar; e que escreveria sobre isso e imprimiria cada palavra. O Sr. Idle respondeu que ele poderia fazê-lo se quisesse – e ele queria, e agora o fez.

Capítulo V

Dois dos muitos passageiros de um certo trem noturno de domingo, Sr. Thomas Idle e Sr. Francis Goodchild entregaram seus bilhetes numa pequena plataforma apodrecida (convertida em mecha artificial pela fumaça e pelas cinzas) no centro do coração industrial de Yorkshire. Parecia um coração misterioso, em uma noite de domingo escura e úmida, passada em um ônibus ao som das rodas girando, da respiração do motor e do canto de centenas de excursionistas de terceira classe, cujos esforços vocais iam do sagrado ao profano, de hinos às irmãs transatlânticas Yankee Gal e Mairy Anne de forma notável. Parecia haver alguma reunião vocal perto de cada estação solitária da linha. Nenhuma cidade era visível, nenhuma vila era visível, nenhuma luz era visível; mas a multidão saía cantando, e a multidão entrava cantando, e a segunda multidão continuava os hinos, e adotava as irmãs transatlânticas e cantava sua própria maldade notória e de suas andanças e de como o navio estava pronto e o vento era bom e de como seguiam para o mar, Mairy Anne, até que eles, por sua vez, tornaram-se uma multidão que desembarca e foram substituídos por outra multidão que embarca, que fazia o mesmo. E em todas as estações, a multidão que embarcava, com uma referência artística à completude de seu coro, gritava incessantemente, a uma só voz enquanto tumultuavam os vagões.

O canto e as multidões sumiram conforme os lugares solitários eram deixados e as grandes cidades aproximavam-se e o caminho tornou-se tão silencioso quanto poderia ser, ao longo das ruas pretas dos grandes abismos de cidades e entre suas florestas sem galhos de chaminés pretas. Essas cidades pareciam, na umidade cinza, ter sido todas incendiadas e que o fogo tinha recentemente sido apagado – um panorama sombrio e triste, com muitas milhas de comprimento.

Assim, Thomas e Francis chegaram a Leeds; cujo importante e empreendedor centro comercial pode ser observado com delicadeza, que se pode gostar muito ou nada. No dia seguinte, o primeiro da Semana de Corridas, tomaram um trem até Doncaster.

E imediatamente o caráter, tanto dos viajantes quanto das bagagens, mudou completamente e nenhum outro assunto que não fosse a corrida existia na face da terra. A conversa era toda sobre cavalos e "John Scott[1]". Guardas sussurravam atrás das mãos para os chefes de estação sobre cavalos e John Scott. Homens de fraque e peitilhos presos com alfinetes singulares e com os ossos largos de suas pernas sob calças justas, para que parecessem o mais possível com pernas de cavalos, andavam para cima e para baixo aos pares nas estações intermediárias falando baixo sobre cavalos e John Scott. O jovem clérigo em seu casaco preto, que ocupava o assento central da carruagem, explicava em seu sotaque pulpital peculiar à jovem e adorável Reverenda Sra. Crinoline, que ocupava o assento central oposto, alguns rumores em relação a "*cafaloss*, meu amor, e Sr. John *Ésscott*". Um pedinte arqueado, cuja cabeça parecia um queijo holandês, em um terno de fustão, cuidando de uma caixa de apostas e andando pelas plataformas com um cabresto pendurado no pescoço como um burguês de Calais de um período há muito passado,

---

[1] John Scott (1794-1871) foi um famoso treinador de cavalos conhecido como "O Mágico do Norte". Ganhou a St. Leger 16 vezes, incluindo a de 1857. (N. E.)

era cortejado pela melhor sociedade porque parecia ter as dicas, quando não estava ocupado comendo palha, a respeito dos "cavalo e *Jun* Scott". Mesmo o maquinista, enquanto mantinha um olho no caminho, parecia manter o outro aberto, olhando ao redor, por notícias dos cavalos e de John Scott.

Obstáculos e barreiras na Estação de Doncaster para manter a multidão longe; estruturas temporárias de madeira para entrar e sair, para ajudar a multidão a seguir em frente. Quarenta carregadores extras mandados para essa abençoada Semana de Corridas e todos eles fazendo suas apostas nos quartinhos ou em outro lugar e nenhum para vir levar a bagagem. Viajantes vomitados em um espaço aberto, uma floresta uivante de homens vadios. Todo o trabalho que não fosse relacionado à corrida paralisado; todos os homens paralisados. "Ei! Faça o favor! Não peça a nenhum de nós que ajude com a bagagem. Não quero nem saber. Estamos muito ocupados com os cavalos e John Scott!" entre os homens vadios, todos os cavalos de Doncaster e partes adjacentes, galopantes, de criação, apoio, correndo, recuando – aparentemente o resultado de ouvir nada além das próprias ordens e de John Scott.

Grande Companhia de Teatro de Londres para a

Semana de Corridas. Poses Plásticas na Grande Sala da Assembleia sobre os estábulos às sete e às nove todas as noites, para a Semana de Corridas. Circo Grand Alliance no campo do outro lado da ponte, para a Semana de Corridas. Grande Exibição de Aztec Lilliputians, importante para todos que queiram ser horrorizados sem pagar muito, para a Semana de Corridas. Hospedagens, grandes e não grandes, mas todas grandes ofertas, de dez a vinte libras, para a Grande Semana de Corridas!

Ficando bastante tontos com todas essas coisas, os senhores Idle e Goodchild voltaram ao bairro onde haviam reservado quartos com antecedência e o Sr. Goodchild olhou pela janela para a rua lotada.

– Por Deus, Tom! – gritou depois de contemplá-la. – Estou no asilo de loucos novamente e estas são todas pessoas loucas sob o comando de um corpo de agenciadores calculistas!

Durante toda a Semana de Corridas, o Sr. Goodchild não conseguiu fugir dessa ideia. Todos os dias ele olhava pela Janela, com um pouco do medo de Lemuel Gulliver[2] olhando para os homens depois de voltar para casa; e todos os dias ele via os lunáti-

---

[2] Protagonista e narrador do livro *As Viagens de Gulliver*, de Jonathan Swift (1667-1745), publicado em 1726. (N. E.)

cos, loucos por cavalos, loucos por apostas, loucos por bebida, loucos pelo vício e os agenciadores calculistas sempre atrás deles. A ideia impregnou-se, como as cores na seda furta-cor, em todos os pensamentos do Sr. Goodchild. Eles eram os seguintes:

Segunda-feira, meio-dia. As corridas só começarão amanhã, mas todos os lunáticos já estão na rua, lotando as calçadas, e principalmente o lado de fora das Salas de Aposta, bradando e gritando alto para todos os veículos que passam. Cavalos lunáticos assustados ocasionalmente fugindo, com estrépito infinito. Todos os tipos de homens, dos ricos aos indigentes, apostando incessantemente. Agenciadores muito atentos e aproveitando todas as boas chances. Uma aparência familiar terrível entre todos os agenciadores, do Sr. Palmer ao Sr. Thurtell. Com algum conhecimento de expressões e alguma familiaridade com cabeças (assim escreve o Sr. Goodchild), nunca presenciei em lugar nenhum tantas repetições de uma classe de semblante e um tipo de cabeça (ambos terríveis) como nesta rua a esta hora. Astúcia, cobiça, sigilo, cálculo frio e insensibilidade atroz são as características recorrentes dos agenciadores. O Sr. Palmer passa por mim cinco vezes em cinco minutos e, quando desço a rua, a nuca do Sr. Thurtell está sempre à minha frente.

Segunda-feira à noite. A cidade está iluminada; mais lunáticos nas ruas do que nunca; paralisação e afogamento completos das ruas do lado de fora das Casas de Aposta. Agenciadores, já tendo jantado, permeiam as Casas e tiram o dinheiro dos lunáticos. Alguns agenciadores cheios de bebidas, alguns não, mas todos fechados e calculistas. Ecoam rugidos de "os cavalos" e "as corridas" sempre a subir pelos ares, até a meia noite, a hora em que se extingue em músicas de bêbados e gritos espalhados. Mas, durante toda a noite, algum bar grosseiro das redondezas abre sua boca de tempos em tempos e cospe fora um homem muito bêbado para ser retido: que então faz os protestos barulhentos que possam restar nele e ou desmaia onde cair ou é levado em custódia.

Terça-feira, raiar do dia. Um aumento repentino, como se saíssem da terra, todas as criaturas obscenas que vendem "cartões corrigidos das corridas". Pode ser que estivessem amontoados pelos cantos, ou dormindo sob as soleiras e, todos tendo passado a noite sob as mesmas circunstâncias, podem querer circular seu sangue ao mesmo tempo; mas, como quer que seja, saem às ruas todos ao mesmo tempo e juntos, como se um novo Cadmo tivesse plantado os dentes de um cavalo de corrida. Não há ninguém acordado para comprar os cartões; mas gritam sua existência loucamente. Não há patrocínio para ser disputado; mas eles brigam e lutam loucamente. Notável entre essas hienas, como é revelado no café da manhã, é uma criatura temível com a aparência geral de um homem: sacudindo suas pernas curtas por causa da bebida e das diabruras, com a cabeça descoberta e os pés descalços, com um chumaço de cabelo que parece uma vassoura horrível e nada no corpo além de um par de calças esfarrapadas e um casaco rosa de chita – feito no corpo – tão apertado que fica evidente que ele nunca poderia tirá-lo, como realmente nunca faz. Essa aparição horrenda, inconcebivelmente bêbada, tem o poder terrível de fazer uma imitação do zurrar de um burro, como um gongo: proeza que exige que coloque a mandíbula na pata direita imunda, curve-se e tire o zurro dos pulmões com muito cambaleio de suas pernas curtas e muito rodopio de sua vassoura terrível, como se fosse um esfregão. De agora em diante, quando ele vem-me à vista segurando seus cartões mostrando-os para as janelas e propondo, com a voz rouca, a compra para Milord, Sua Excelência, o Coronel, o Nobre Capitão e Sua Santidade – do minuto presente até o final da Grande Semana de corridas, a todas as horas da manhã, da tarde e da noite, se a cidade reverberar, em intervalos caprichosos, os brados desse animal terrível, o burro do gongo.

Corrida não muito boa hoje, então nenhuma quantidade muito grande de veículos, apesar de haver uma pitada boa: de carroças e cabriolés de fazendeiros a carruagens alugadas e as puxadas a quatro cavalos, a maioria vinda da estrada de York e passando direto pela rua principal em direção às pistas. Uma caminhada na direção errada pode ser melhor coisa para o Sr. Goodchild hoje do que as pistas, então ele anda na direção errada. Todo mundo foi às corridas. Somente crianças nas ruas. O Circo Grand Alliance deserto; não sobrou um cavalheiro; vagões que servem de caixas apresentam painéis separados, Pague aqui para os camarotes, Pague aqui para as arquibancadas e Pague aqui para as galerias, deixados em um canto e trancados; ninguém perto da barraca a não ser o homem de joelhos na grama, que está fazendo balões de papel para os jovens cavaleiros pularem esta noite. Uma estrada agradável, agradavelmente arborizada. Nenhum camponês trabalhando nos campos, todos nas corridas. Os poucos atrasados a caminho das corridas que ainda estão na estrada olham com espanto para o recluso que não está indo às corridas. O dono da estalagem à beira da estrada foi às corridas. O guarda do pedágio foi às corridas. Sua esposa cuidadosa, lavando as roupas na porta da cabine do pedágio, vai às corridas amanhã. Talvez não haja mais ninguém para coletar o pedágio amanhã; quem sabe? Apesar de que, certamente, isso não seria o normal do pedágio e nem de Yorkshire. Mesmo o vento e a poeira parecem estar correndo para as corridas, passando rapidamente pelo caminhante na estrada. À distancia, a locomotiva, esperando do outro lado da cidade, grita desesperadamente. Nada além da dificuldade de sair da linha, impede a locomotiva de ir às corridas, também, está muito claro.

À noite, mais lunáticos na rua que ontem – e mais agenciadores. Os últimos muito ativos nas Casas de Aposta, cuja frente está agora intransitável. O Sr. Palmer como antes. O Sr. Thurtell como antes. Gritos e tumulto como antes. Subsidência gradual como antes. Bar grosseiro cospe como antes. Músicos bêbados, burro do gongo e cartões corrigidos, na noite.

Na manhã de quarta, a manhã da St. Leger[3], fica evidente que houve uma grande afluência de pessoas desde ontem, lunáticos e gerenciadores. As famílias

---

[3] Iniciada em 1776, a St. Leger é a mais antiga das cinco corridas clássicas britânicas. É sempre disputada em Setembro e seu percurso é de 2.937 metros. (N. E.)

dos negociantes no caminho não estão mais dentro da compreensão humana; seus lugares não os conhecem mais; dez, quinze e vinte inquilinos enchem-nos. Na janela do segundo andar do confeiteiro, um agenciador penteia os cabelos do Sr. Thurtell – pensando ser o seu. No sótão do vendedor de velas, outro agenciador coloca os suspensórios do Sr. Palmer. No quarto de bebê do armeiro, um lunático faz a barba. Na melhor sala do papeleiro, três lunáticos tomam café, louvando o diabo (do cozinheiro) e bebendo conhaque puro num clima de último charuto da noite. Nenhum santuário de família está livre de nossos mensageiros angelicais – nós acrescentamos o "angelicais" – que, sob o disfarce de garçons extras para a Grande Semana de Corridas, entram e saem dos quartos mais secretos das casas de todos, com pratos e tampas de estanho, licoreiras, garrafas de água e copos. Uma hora depois. Subindo e descendo a rua, até onde os olhos podem ver e ainda mais longe, há uma multidão densa; do lado de fora das Casas de Aposta é como uma grande luta à porta de um teatro – em dia de teatro. Uma hora depois. Entrando nessa multidão e, de alguma forma, passando por ela, estão todos os topos de meios de transporte e todos os tipos de passageiros a pé; carroças, fazedores e fazedoras de tijolos sacolejando nas tábuas; ônibus, com cavalariços necessários atrás, sentados de braços cruzados de maneira precisa e inclinando-se para trás com as solas de suas botas no ângulo preciso; mensageiros, com os chapéus brilhando e as jaquetas dos velhos tempos; lindos cavalos de Yorkshire, cavalgados elegantemente por seus criadores e mestres. Sob cada poste, e cada mastro, e cada cavalo, e cada roda, parecia, o burro do gongo – zurrando metalicamente, quando não lutando para sobreviver ou chicoteado para fora do caminho.

A uma hora, todo esse rebuliço tinha saído das ruas e não havia mais ninguém além de Francis Goodchild. Francis Goodchild não estará nas ruas por muito tempo; pois ele, também, está a caminho das corridas.

Uma linda visão, Francis Goodchild acredita que as corridas são, quando deixou a bela Doncaster para trás e segue seu curso livre, com sua perspectiva agradável, a singular Casa Vermelha mudando e virando estranhamente quando Francis vira, sua grama verde e seu urzeiro fresco. Um curso livre e fácil, onde Francis pode andar calmamente onde quiser, e pode escolher entre o começo, ou o meio do caminho, ou o lugar em cima da colina, ou qualquer ponto fora do caminho onde parar para ver os cavalos galopantes alongando cada nervo e fazendo a terra simpática tremer quando eles passam. Francis gosta muito de estar, não na Grande Arquibancada, mas onde pode vê-la, vindo de encontro ao céu, com suas vastas camadas de pequenos pontos de rostos brancos e suas últimas fileiras lá no alto e os cantos com gente, parecendo alfinetes presos em uma almofada enorme – não tão simetricamente quando seus olhos ordeiros desejariam, quando as pessoas trocavam de lugar ou iam embora. Quando a corrida está quase acabando, para ele é tão bom quanto a corrida ver o fluxo entre os alfinetes e a mudança da escuridão para a luz, quando chapéus são tirados e agitados no alto. Não menos interessante, a antecipação barulhenta do nome do vencedor, o rugido final e crescente; então, a retirada rápida de todos os alfinetes de seus lugares, a revelação da forma da almofada vazia e o acúmulo de lunáticos e agenciadores nas traseiras dos três cavalos com os cavaleiros coloridos, que ainda não pararam completamente de cavalgar apesar de a corrida ter terminado.

O Sr. Goodchild parecia não estar livre também da insanidade nas corridas, mas não era como os outros lunáticos. Sr. Idle suspeita que caiu sobre ele um estado terrível no que diz respeito a um pequeno par de luvas lilás e um pequeno chapéu que viu por lá. O Sr.

Idle afirma que ele repetiu depois, com uma aparência lunática, uma rapsódia com as seguintes palavras: "Ah pequenas luvas lilases! E ah! pequeno chapéu, fazendo em conjunto com seus cabelos dourados quase uma glória sob o sol na linda cabecinha. Por que mais alguém no mundo além de eu e você? Por que não ser este dia de corridas de cavalos, para todo o resto, preciosas partículas de vida para mim, prolongado em um eterno raiar de sol de outono, sem se pôr! Gênio da lâmpada, ou do anel, apareça para mim além das estrebarias, no casaco escarlate, imóvel na grama verde durante décadas! Amigável Diabo com duas muletas, durante dez vezes dez mil anos, mantenha Blink-Bonny parado no ponto de partida e que a corrida não se inicie! Tambores árabes, antigos poderosos convocadores de Gênios no deserto, soem e levantem uma tropa para mim no deserto de meu coração, que deve então encantar esta barouche empoeirada para que eu, dentro dela, amando as pequenas luvas lilases, o pequeno chapéu e a desconhecida dos cabelos dourados, possa ficar a seu lado para sempre, para assistir a uma grande St. Leger que nunca se correrá!

Quinta de manhã. Depois de uma noite terrível de aglomeração, gritaria, cuspidas de bar, burro do gongo e cartões corrigidos. Sintomas dos ganhos de ontem na forma de bebida e das perdas de ontem na forma de dinheiro, abundantes. Perdas de dinheiro muito grandes. Como de costume, ninguém parece ter ganhado; mas grandes perdas e muitos perdedores são fatos inquestionáveis. Ambos lunáticos e agenciadores, de um modo geral, muito cabisbaixos. Muitos de ambos olham para a farmácia enquanto o Sr. Goodchild faz uma compra, para buscar depois. Um lunático de olhos vermelhos, corado, fora de si e desorientado, entra apressadamente e grita selvagem: "Consiga-nos um pouco de sal volátil e água, ou alguma outra coisa com o mesmo princípio!". Rostos desapontados nas Casas de Apostas e uma notável tendência de roer unhas. Agenciadores também tiraram a manhã para ficar por aí solitários, com as mãos nos bolsos, olhando para suas botas quando as metem em fendas nas calçadas, e então olhando para cima assoviando e andando para longe. O Circo Grand Alliance saiu em procissão; a senhora rechonchuda membro do Grand Alliance de roupas de montaria vermelhas, melhor de se olhar, mesmo com sua pintura sob o céu diurno, do que os rostos dos lunáticos e agenciadores. O *Cavalier* espanhol parece ter perdido ontem e chacoalha sua rédea com nojo, como se estivesse pagando. Reação também aparente na sala em frente, de onde certos batedores de carteira saem algemados com o andar peculiar que nunca é visto sob quaisquer outras circunstâncias – um andar expressivo de quem vai para a prisão, sendo as prisões de mau gosto e arbitrárias, e o que você acharia de estar em meu lugar, como deveria ser! Meio-dia. Cidade cheia como ontem, mas não tão cheia; e esvaziada como ontem, mas não tão vazia. Durante a noite, o lugar onde normalmente os lunáticos e agenciadores fazem suas refeições modestas com tartaruga, veado e vinho não tão lotado quanto ontem e não tão barulhento. À noite, o teatro. Mais rostos perdidos do que se vê em assembleias públicas; tais rostos com uma expressão que faz o Sr. Goodchild lembrar-se dos meninos na escola que ficavam um passo atrás em aritmética e matemática. Esses meninos vão, sem dúvida, ficar um passo atrás amanhã em suas somas e quantias. O Sr. Palmer e o Sr. Thurtell nos camarotes O e P. O Sr. Thurtell e o Sr. Palmer nos camarotes P e S. A firma de Thurtell, Palmer e Thurtell nos camarotes centrais. Uma odiosa tendência nesses cavalheiros distintos de colocar construções vis em frases suficientemente inocentes nas conversas e depois aplaudi-las de modo satírico. Atrás do Sr. Goodchild, com um grupo de outros lunáticos e um agenciador, a encarnação expressa de uma coisa chamada "alarve". Um cavalheiro nascido, um alarve criado. Alguém com um lenço em volta do pescoço e um discurso descuidado emitido de trás dele; mais depravado, mais tolo, mais ignorante, mais incapaz de acreditar em qualquer coisa nobre ou boa de qualquer tipo do que o mais estúpido dos mateiros. A coisa é um menino em idade e está aturdido de tanta bebida. Para fazer jus a seus companheiros, até seus companheiros estão com vergonha dele, conforme solta suas críticas infundadas sobre a representação e inflama o Sr. Goodchild com um uma vontade ardente de arremessá-lo para a cova. Suas observações são tão terríveis, que o Sr. Goodchild, naquele momento, até duvida que seja uma arte benéfica a que coloca as mulheres num patamar superior diante de uma coisa dessas, mesmo que tão bom quanto suas próprias irmãs, ou sua própria mãe – que os Céus a perdoem por colocar isso no mundo! Mas a consideração de que uma natureza baixa deve fazer um mundo baixo próprio, para que possa viver nele, não importando os materiais reais, ou não poderia existir, não mais que um de nós poderia sem o tato, traz o Sr. Goodchild à razão: melhor, porque a coisa logo enfia o queixo no lenço e baba adormecido.

Sexta de manhã. Brigas matinais. Burro do gongo e

cartões corrigidos. Novamente, uma multidão dirige-se às corridas, mas não tão grande quanto a de quarta. Muitas pessoas fazendo as malas, também, no segundo andar da casa do armeiro, do vendedor de velas e do papeleiro sério; pois haverá um fluxo pesado de lunáticos e agenciadores indo para Londres no trem da tarde. A pista bonita como nunca; a grande almofada de alfinetes ainda como uma almofada de alfinetes, mas não tão cheia deles; filas inteiras de alfinetes à espera. No grande evento do dia, tanto lunáticos quanto agenciadores ficam cheios de raiva e há uma briga violenta e avançam sobre o jóquei perdedor e a fuga de tal jóquei, da multidão dominante e ameaçadora, protegido por amigos; o que é rude, mas engraçado de se olhar de uma distância agradável. Depois do grande evento, correm regatos da almofada de alfinetes à ferrovia; os regatos transformam-se em rios; os rios unem-se em lagos. O lago leva o Sr. Goodchild até Doncaster, passando pelo itinerante de preto, à beira do caminho, dizendo-lhe de cima de um poste baixo com um cartaz ilegível que por todas essas coisas o Senhor o trará a julgamento. Nada de tartarugas ou veados esta noite; está tudo acabado. Nada de apostas nas casas; nada lá a não ser as plantas em vasos, que foram, durante toda a semana, colocadas na entrada para dar às casas uma aparência inocente e que agora estão gravemente adoecidas.

Sábado. O Sr Idle quer saber durante o café o que foram aqueles gemidos terríveis à porta de seu quarto durante a noite? O Sr. Goodchild responde, pesadelos. O Sr. Idle acusa calúnia e chama o garçom. Sente muitíssimo, tinha mesmo a intenção de explicar. Vejam, cavalheiros, havia um cavalheiro jantando lá embaixo com mais dois cavalheiros, e tinha perdido uma grande quantia em dinheiro, e bebeu muito vinho, e durante a noite teve pesadelos e levantou; e como seus amigos não podiam ajudá-lo, deitou-se à porta do Sr. Idle e gemeu.

– E gemeu MESMO – disse o Sr. Idle – e você pode me imaginar dentro do quarto "tendo pesadelos" também!

Até o momento, a imagem de Doncaster na ocasião de sua grande comemoração esportiva provavelmente oferece uma representação geral da condição social da cidade, tanto no passado como no presente. O único fenômeno local do ano em curso, que pode ser considerado completamente sem precedentes, e que certamente é responsável, por essa razão, por grande parte da importância da cidade, consiste na existência de um indivíduo notável, que reside em Doncaster, e que, nem direta nem indiretamente, tem alguma coisa, de qualquer tipo a ver com as diversões da semana. Passando por toda a multidão que enche a cidade, e incluindo os habitantes e os visitantes, ninguém há de estar completamente desligado do evento, com a exceção deste homem singular. Ele não aposta nas corridas, como os homens do esporte. Ele não participa das corridas, como os jóqueis, iniciantes, juízes e cavalariços. Ele não assiste às corridas, como o Sr. Goodchild e seus companheiros espectadores. Ele não tem lucro com as corridas, como os donos de hotéis e os comerciantes. Ele não administra as necessidades das corridas, como os vendedores das barracas, os postilhões, os garçons e os mascates. Ele não trabalha nas atrações da Semana de Corridas, como os atores do teatro, os malabaristas do circo ou os modelos das Poses Plásticas. Absoluta e literalmente, ele é o único indivíduo em Doncaster que fica à margem de todo o sistema das corridas e não é levado por ela como todo o resto de sua espécie. Quem é este heremita moderno, este recluso da semana da St. Leger, este ser inescrutavelmente insociável, que vive à parte das atividades recreativas de seus semelhantes? Certamente, há pouca dificuldade em adivinhar o mais claro e fácil de todos os enigmas. Quem poderia ser, além do Sr. Thomas Idle?

Thomas fez com que o levassem a Doncaster, assim como faria com que o levassem para qualquer outro lugar no globo habitável que lhe garantisse a posse temporária de um sofá confortável onde poderia descansar seu tornozelo. Uma vez instalado no hotel, com a perna sobre uma almofada e as costas encostadas contra outra, declinou formalmente os convites para participar de qualquer circunstância que tivesse algo a ver com as corridas, ou com as pessoas que estavam ligadas a elas. Francis Goodchild, ansioso para que as horas passassem o mais rapidamente possível para seu companheiro de viagem aleijado, sugeriu que seu sofá fosse levado até a janela e que ele pudesse se divertir olhando por ela para o panorama mutável da humanidade, que a vista da rua principal proporcionava. Thomas, no entanto, declinou firmemente a sugestão.

– Quanto mais longe eu ficar da janela – disse – mais, irmão Francis, estarei satisfeito. Não tenho nada em comum com a única ideia predominante a todas essas pessoas que estão passando na rua. Por que me daria ao trabalho de olhar para elas?

– Espero não ter nada em comum com a ideia predominante de grande parte delas, também – respondeu Goodchild, pensando nos senhores desportivos com quem havia se encontrado durante seus passeios por Doncaster. – Mas, certamente, entre todas essas pessoas que estão passando pela casa, neste exato momento, podemos encontrar...

– Nem uma só criatura – interrompeu Thomas – que não seja, de um jeito ou de outro, interessado em cavalos e que não é, em maior ou menor grau, um admirador deles. Agora, eu tenho opiniões formadas no tocante a esses membros da criação quadrúpede em especial, que podem resultar (conforme acredito) na distinção desastrosa de não ser semelhante a nenhum outro ser humano, civilizado ou selvagem, que caminha sobre toda a face da Terra. Considerando o cavalo como um animal, Francis, eu cordialmente o desprezo sob qualquer ponto de vista.

– Thomas, – disse Goodchild – o confinamento à casa começou a afetar suas secreções biliares. Devo ir ao farmacêutico e trazer-lhe algum remédio.

– Oponho-me... – continuou Thomas, tomando posse silenciosamente do chapéu do amigo, que estava sobre a mesa próxima a ele. – Oponho-me, primeiro, à própria aparência do cavalo. Protesto contra a ideia convencionada da beleza enquanto indissociável do animal. Acho seu nariz muito comprido, sua testa muito baixa e suas pernas (exceto no caso do pônei) ridiculamente compridas quando comparadas ao tamanho de seu corpo. Novamente, considerando o tamanho do animal, oponho-me à delicadeza desprezível de sua constituição. Não é a criatura mais doentia da criação? Alguma criança fica gripada tão facilmente quanto um cavalo? Ele não torce o machinho, em toda sua aparência de força superior, tão facilmente quanto eu torci o tornozelo? Além disso, para considerá-lo a partir de outro ponto de vista, que miserável impotente ele é. Nem uma senhora fina exige maiores cuidados que um cavalo. Outros animais podem fazer a *toilette* sozinhos: ele precisa de um cavalariço. Você dirá que isso se deve ao fato de querermos seu pelo artificialmente lustrado. Lustrado! Venha comigo e veja minha gata... minha gata esperta, que faz a própria toilette! Veja seu cachorro! Veja como a criatura inteligente penteia-se com os próprios dentes! Então, que bobo o cavalo é, que pobre todo nervoso! Ele foge de um pedaço de papel branco na estrada como se fosse de um leão. Sua única ideia, quando ouve um barulho a que não está acostumado, é fugir dele. O que você me diz desses dois exemplos comuns dos sentidos e da coragem desse animal absurdamente superestimado? Posso transformá-los em dois mil, se quiser cansar minha mente e desperdiçar meu fôlego, o que nunca faço. Prefiro chegar de uma vez à minha última acusação contra o cavalo, que é a mais séria de todas, porque afeta seu caráter moral. Eu corajosamente o acuso, em seu papel de servo do homem, de ser dissimulado e de deslealdade. Acuso-o publicamente, independentemente de quão brando ele possa parecer, ou de quão macio possa ser seu pelo, de ser um traidor sistemático, sempre que tem a chance, da confiança que lhe é depositada. O que você quer dizer, rindo e balançando a cabeça para mim?

– Ah! Thomas, Thomas! – disse Goodchild. – É melhor que me dê meu chapéu; é melhor que me deixe buscar aquele remédio.

– Deixo-o buscar qualquer coisa que quiser buscar, incluindo um remédio para você mesmo – disse Thomas, aludindo irritado à atividade inesgotável do companheiro aprendiz, – se você ficar sentado e ouvir-me por mais cinco minutos. Eu digo que o cavalo é um traidor da confiança depositada nele; e essa opinião, permita-me completar, é tirada de minha experiência pessoal e não baseada em alguma teoria fantasiosa qualquer. Vou dar-lhe dois exemplos, dois exemplos poderosíssimos. Deixe-me começar o primeiro perguntando, qual é a qualidade distintiva de que o pônei Shetland apropriou-se e está perpetuamente alardeando pelo mundo através dos relatos populares e dos livros de História Natural? Vejo a resposta em seu rosto: é a qualidade de ser seguro. Ele diz ter outras virtudes, como coragem e força, que se pode descobrir em julgamento; mas a qualidade em que ele insiste que você acredite, quando sobre seu lombo, é que você pode ter a certeza de que ele não vai tombar com você. Muito bem. Alguns anos atrás, eu estava em Shetland com um grupo de amigos. Eles insistiram em levar-me ao topo do precipício que ficava sobre o mar. Era uma distância grande, mas todos estavam determinados a caminhar até lá menos eu. Eu era mais esperto então do que fui com você em Carrock e determinei que seria carregado até o precipício. Não havia estrada para carruagens na ilha e ninguém se ofereceu (em consequência, imagino, do estado não civilizado do campo) para trazer-me uma liteira, que é naturalmente o meio de que eu mais gostaria. Em vez disso, trouxeram um pônei Shetland. Lembrei-me de minhas aulas de ciência natural, recordei os relatos populares e subi no lombo da pequena besta, como qualquer outro homem faria em meu lugar, depositando confiança implícita na firmeza de seus pés. E como ele retribuiu essa confiança? Irmão Francis, leve sua mente do amanhecer ao meio dia. Imagine um ermo uivante de grama e pântano, delimitado por baixas colinas rochosas. Escolha um ponto do cenário imaginário e desenhe-me nele, com os braços abertos, as costas curvadas e os pés para o ar, mergulhado de cabeça em uma mancha escura de água e lama. Coloque bem atrás de mim as pernas, o corpo e a cabeça do pônei Shetland seguro, estirado no chão, e terá produzido a representação exata de um fato lamentável. E a moral, Francis, dessa imagem será a de mostrar que, quando cavalheiros depositam confiança nas pernas de pôneis Shetland, descobrirão por conta própria que confiam em algo que não é digno de confiança. Esse é meu primeiro exemplo... o que você tem a dizer disso?

– Nada além de que quero meu chapéu – respondeu Goodchild, levantando e andando inquieto pelo quarto.

– Terá seu chapéu em um minuto – respondeu Thomas. – Meu segundo exemplo... – Goodchild gemeu e sentou-se novamente. – Meu segundo exemplo é mais apropriado para o lugar e o momento presentes, pois se refere uma corrida de cavalos. Há dois anos, um grande amigo meu, que queria muito que eu me exercitasse regularmente, e que conhecia perfeitamente a fraqueza de minhas pernas para esperar qualquer resposta ativa que concordasse com seus desejos, ofereceu-me de presente um de seus cavalos. Ouvido que o animal em questão era um cavalo selvagem, recusei-me a aceitar o presente, com muitos agradecimentos; dizendo também que eu via os cavalos de corrida como a incorporação de um furacão, sobre o qual nenhum homem com a minha personalidade e os meus hábitos deveria sentar-se. Meu amigo respondeu que embora minha metáfora fosse apropriada se aplicada aos cavalos de corrida em geral, era singularmente inadequada se aplicada ao cavalo que queria me dar. De alguns anos para cá esse animal vinha sendo o mais vadio e lento de sua raça. Quaisquer capacidades de velocidade que possuísse, ele guardava exclusivamente para si, e nenhuma quantidade de treino nunca as trouxeram à superfície. Descobriu-se que tinha uma lentidão para as corridas irremediável, e uma preguiça irremediável para a caça, e que não servia para nada que não fosse uma vida tranquila e calma com um velho ou um inválido. Quando ouvi essa descrição do cavalo, não me importo de confessar que meu coração amoleceu por ele. Visões de Thomas Idle trotando serenamente no lombo de um cavalo tão preguiçoso quanto ele, apresentando a um mundo inquieto o espetáculo reconfortante e composto de um tipo de Centauro preguiçoso, muito sossegado em seus hábitos para assustar qualquer pessoa, nadaram atraentes perante meus olhos. Fui dar uma olhada no cavalo nos estábulos. Um bom companheiro! Ele estava dormindo com um gato sobre suas costas. Vi o cavalariço levá-lo para tomar um ar. Se ele tivesse calças nas pernas eu não as distinguiria de minhas próprias, tão deliberadamente saíam do chão e tão gentilmente voltavam a ele, tão lentamente deslizavam sobre o terreno. Naquele momento aceitei agradecido a oferta de meu amigo. Fui para casa; o cavalo seguiu-me... em um trem lento. Ah, Francis, como eu acreditei devotamente naquele cavalo, como garanti cuidadosamente todos os seus pequenos confortos! Nunca cheguei a contratar um serviçal para servir-me; mas contratei um para servir o cavalo. Se pensei um pouco em mim ao comprar a mais macia das selas, pensei também em meu cavalo. Quando o dono da loja ofereceu-me então esporas e um chicote, saí de lá com terror. Quando encilheio-o para meu primeiro passeio, fui propositadamente desarmado de meios com os quais pudesse apressar meu corcel. Ele seguiu em seu próprio ritmo durante todo o percurso; e quando parou, finalmente, e, com um suspiro profundo, virou sua cabeça sonolenta e olhou para trás, levei-o para casa novamente, como levaria para casa uma criança ingênua que me dissesse "Por favor, senhor, estou cansado". Durante uma semana essa harmonia completa entre mim e meu cavalo ficou intacta. Ao fim desse período, quando ele estava certo de minha confiança amigável em sua preguiça, quando familiarizou-se completamente com todas as pequenas fraquezas de minha cela (e chamam-se Legião), a ingratidão e a deslealdade da natureza equina mostraram-se em um instante. Sem a menor provocação de minha parte, sem nada passando por ele no momento além de um pônei montado por uma senhora, ele foi em um instante de um estado de depressão apática a um estado frenético de alegria. Chutava, mergulhava, recuava, pulava, galopava agitado. Fiquei montado o quanto pude e, quando não aguentei mais, caí. Não, Francis! Essa não é uma situação para se rir, mas para se chorar. O que seria dito de um homem que tivesse retribuído minha bondade dessa maneira? Procure por todo o restante da criação animal; onde encontrará um exemplo de traição tão terrível quanto esse? A vaca que chuta o balde da ordenha pode ter algum motivo para fazê-lo; ela pode achar que é muito exigida ao contribuir com a diluição do chá humano e a untura do pão humano. O tigre que me ataca de surpresa tem a desculpa de estar com fome no momento, isso para não falar na justificativa de ser um completo estranho para mim. A própria mosca que me surpreende em meu sono pode defender seu ato de assassinato com a justificativa de que eu estou sempre pronto a matá-la quando estou acordado. Desafio todo o corpo de historiadores naturais a convencer-me, logicamente, que estou errado quanto às minhas opiniões sobre os cavalos. Pegue de volta seu chapéu, irmão Francis, e vá ao farmacêutico, se quiser, pois terminei. Peça-me para tomar qualquer coisa que quiser, menos que me interesse pelas corridas de Doncaster. Peça-me para olhar para qualquer coisa que quiser, menos para uma multidão de pessoas animadas por sentimentos amigáveis de admiração por cavalos. Você é um homem extraordinariamente bem-informado e já ouviu falar dos heremitas. Encare-me como um membro dessa fraternidade antiga e prudentemente aumentará as muitas obrigações que Thomas Idle tem o orgulho de dever a Francis Goodchild.

Aqui, fatigado com o esforço da fala excessiva, o polêmico Thomas agitou uma mão languidamente, deitou a cabeça novamente na almofada do sofá e fechou calmamente os olhos.

Mais tarde, o Sr. Goodchild atacou corajosamente

seu companheiro de viagem com a fortaleza impregnável do senso comum. Mas Thomas, apesar de domado com disciplina drástica, ainda estava tão inalcançável mentalmente quanto sempre esteve no que diz respeito a sua ilusão favorita.

A vista da janela depois do café da manhã de sábado está completamente mudada. As famílias dos comerciantes estão todas de volta. A jovem esposa do papeleiro agita um espanador na janela da sala; uma criança brinca com uma boneca, no quarto onde o Sr. Thurtell escovava o cabelo; uma escovação sanitária está em andamento no local onde alguém colocou os suspensórios do Sr. Palmer. Nem sinal das corridas nas ruas além dos vagabundos e das tendas viradas e das carroças carregadas de bebidas e mesas e restos de barracas que saem da cidade o mais rápido possível. O hotel, que tinha sido esvaziado para receber um número maior de pessoas durante a semana, já começa a recolocar todos os móveis belos e confortáveis em seus devidos belos e confortáveis lugares. As filhas do dono do hotel (as jovens mais agradáveis que os senhores Idle e Goodchild jamais viram, nem mais inteligentes em seus afazeres, nem mais superiores ao vício comum de acharem-se superiores a eles) têm um tempinho para descansar e para passear seus rostos felizes entre as flores do jardim. É dia de feira. A feira parece estranhamente natural, confortável e saudável; as pessoas na feira também. A cidade parece quase restaurada, quando, ouça! um zurro metálico... o burro gongo!

O pobre animal não foi embora com o resto, continua ali, embaixo da janela. Mais inconcebivelmente bêbado agora, com a pata muito mais suja, com o casaco de chita ainda mais apertado, muito mais manchado e borrado e imundo e coberto de excremento, da ponta da vassoura terrível até os dedos dos pés... quem pode dizer o quanto?! Não consegue nem sacudir-se a zurrar agora, sem mergulhar a cara na lama da rua. Ora de bruços na lama, ora apoiado nas vitrines das lojas, cujos donos saem aterrorizados para espantá-lo; ora no bar, ora na tabacaria, onde vai comprar tabaco e onde vai até o balcão para comprar charutos, que em meio minuto esquece-se de fumar; ora dançando, ora cochilando, ora xingando, ora cumprimentando Milord, Sua Excelência, o Coronel, o Nobre Capitão e Sua Santidade, o burro gongo bate os pés, zurrando de quando em quando, até que de repente encontra o amigo mais querido que tem no mundo descendo a rua.

O amigo mais querido que o burro gongo tem no

mundo é um tipo de chacal, num casaco preto tedioso e esfarrapado feito de retalhos minúsculos. O amigo mais querido do mundo (inconcebivelmente bêbado também) anda na direção do burro gongo com uma mão em cada coxa em uma série de paradas e pulinhos engraçados, sacudindo a cabeça enquanto caminha. O burro gongo considera-o com atenção e afeição carinhosa e percebe repentinamente que na verdade se trata do maior inimigo do mundo e bate nele com força. O chacal espantado luta com o burro e eles rolam na lama, esmurrando-se. Um policial, sobrenaturalmente dotado de paciência, que estava há muito olhando para eles dos degraus da delegacia, disse a um subalterno "Algeme-os! Traga-os para a delegacia!

Final apropriado para a Grande Semana de Corridas. O burro gongo em cativeiro e, pelo que parece, encaminhado ao limbo, de onde é melhor não tirá-lo até a próxima Semana das Corridas. O chacal é dos mais procurados também, em todos os arredores. Mas, tendo a boa sorte de ser o segundo mais procurado na hora da captura, conseguiu desaparecer no ar.

No sábado à tarde, o Sr. Goodchild anda pelas ruas e dá uma olhada nas pistas. Estão bem desertas; montes de cerâmicas e garrafas voltam a sua memória; e cartões corrigidos e outros fragmentos de papéis estão voando ao vento como os livretos com os regulamentos, levados pelos soldados franceses em seus peitos, eram vistos, logo depois que se deu a batalha, voando vadiamente nas planícies de Waterloo.

Para onde essas folhas vadias serão sopradas pelos ventos vadios, e onde a última delas será um dia perdida e esquecida? Uma pergunta vadia, e um pensamento vadio; e com ele o Sr. Idle faz sua reverência e o Sr. Goodchild a sua, e assim acaba A viagem preguiçosa de dois aprendizes vadios.